ヒヨコはいつも夢見てる

花房マミ

イラスト
湖水きよ

SHY BUNKO

Contents

ヒヨコはいつも夢見てる

Hiyoko ha itsumo Yume miteru.

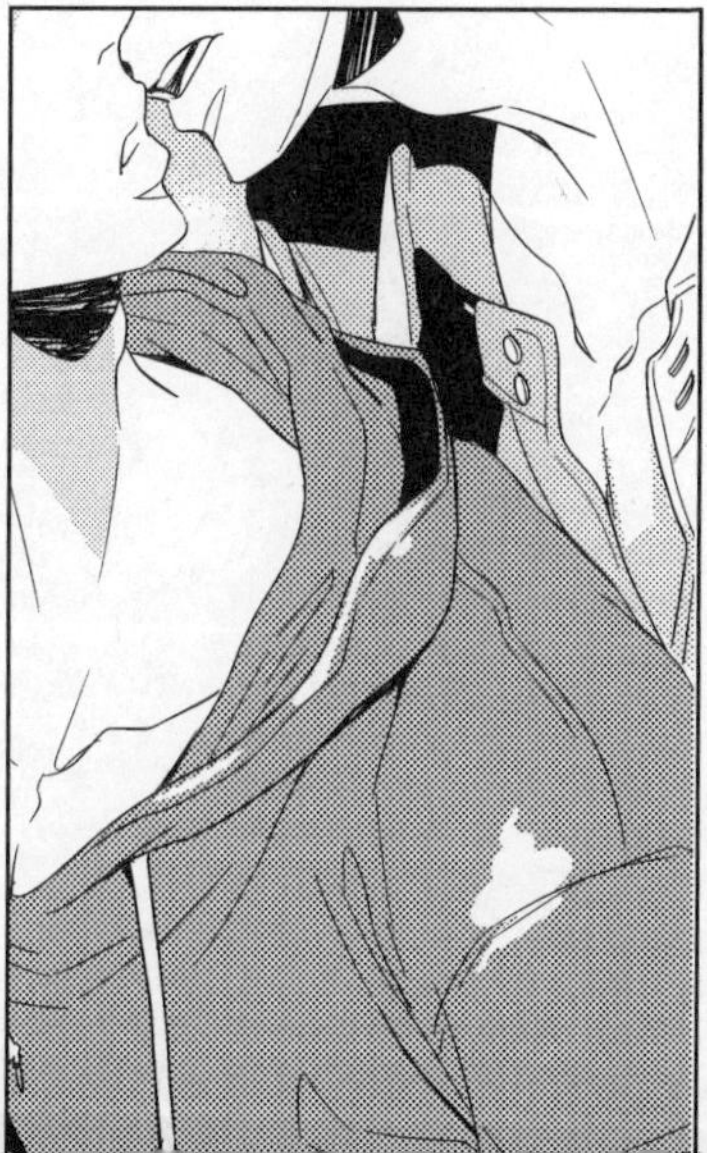

1

きっと、ほんの数秒前までぎゅっと繋《つな》がれていたあたたかい手だ。ふいにぬくもりを離されて、どうしていいかわからずにいる子供の手。

日吉悠也《ひよしゆうや》は、黒い大理石でできたそれを目に入れた瞬間、そう感じた。

パチン、パチンと鮮やかな金属音を立てて力強くノミを振るう男が今まさに作り出している彫刻は、やわらかな曲線のみで象《かたど》られた子供の手だった。ふわりと曲がった人差し指はとまどうようで、伸ばそうとして、でもやっぱりやめた——そんな瞬間を切り取ったように見える。

「あの、この作品のタイトルは……」

自分に伝わった感覚が、正しいものなのか知りたい。日吉は思うよりも先に疑問を声にしていた。ぽかんと開いたままになっていたらしい口から出た声はひどく間が抜けていたけれど、気にしている余裕はなかった。

「タイトル？　そうだな……とまどい、とでも」

「とまどい……」

それを聞いて、やっぱり、と思う。

ざらりと粗削りな石の表面はただの黒なのに、その中に確かな血潮を感じる。どくどくと伝わってくる。ちいさな鼓動も、とまどう子供の高めの体温も、泣きそうな気配すらも。

五十センチほどの作品から流れてくる感情はかつて子供だった自分も知っている切なさで、胸の奥がぎゅっと痛んだ。息が上がり、指先がじんじんと痺れだす。

(どうしよう。これ、すごい)

日吉は癖のあるはちみつ色の髪をふわりと揺らし、首を振った。このまま見ていたら、今にも泣いてしまいそう。なのに、視線を外せない。

まだ粗削りで未完成だというのに、完成したらいったいどんなことになってしまうんだろう。

日吉はアートの世界に造詣《ぞうけい》が深いわけではないけれど、それでもこの作品から感じるオーラに、ただ圧倒されていた。

「で?」

石が弾《はじ》ける音に混じって聞こえた男の低い呟きに、日吉ははっと我に返った。

「なんか用があって来たんじゃないのか」

「あ……」

「あ、じゃないだろ。アンタさ、ぼけっとしてんなら帰ってくれ」

作業台を挟んだ一メートルほどの距離。こちらを見ないままの男に、熱のない低い声で言われる。

そうだ。今日はバイト先のギャラリーを営む親戚の叔父の頼みで、彫刻家の田嶋織斗《たじまおりと》という男のアトリエを訪れたのだ。

日吉に任された仕事は作品の見学と、アーティスト本人への挨拶《あいさつ》。けれどここに案内されてすぐ田嶋が作業を始めたため、日吉もろくに自己紹介をしないまま、うっかり作品に見入ってしまっていた。

「ご、ごめんなさい、じゃなくて、すみません。ご、ご挨拶が遅れましたが、おれ、いやぼくは、姫野《ひめの》さんからの紹介でここに来ました、日吉悠也というものです」

日吉は金縛りが解けたみたいな気分で、叔父から託されたギャラリーの名刺をスーツのポケットからあわあわと取り出し、目の前にいる男に差し出した。

叔父の営むアートギャラリー「oeuf―ウフ―」。クリーム色のざらりとしたラフな質感の紙の上、金の箔押しで書かれたそれはフランス語でたまごを意味するという。

様々なジャンルのアート作品を扱っているけれど、とりわけ若手のアーティストの作品の展示、販売を行っている。オーナーである叔父はまだ世に出る前の芸術家たちとアートの世界とを繋ぐ橋になりたいと、自らの足で作家を探してスカウトすることもある。実際、叔父のバックアップで世界へと巣立っていった作家も数多くいるのだ。

普段の日吉はそんな叔父の付き添いでしかないのだけれど、今日は、初めてのお使いだ。

現代アート界でも実力派と噂されているこの若き彫刻家のアトリエにひとりで向かってく

れと頼まれた。「きっと悠也くんは、彼の作品を気に入るから」という叔父の予想は見事に的中して、日吉はひと目で心を奪われたわけだけれど。

（でも、でもさ。この人、超怖いよ、おじさん……）

田嶋という男は、日吉が震える指先で差し出した四角い紙を一瞥《いちべつ》するなり、チッと舌打ちしたのだ。

「まぁ、姫野から一応話は聞いてるが……」

田嶋はとても親友の名前を口にしたとは思えない苦々しい表情で呟くと、再度手元に視線を落としてしまった。

姫野というのは「oeuf―ウフ―」の専属若手アーティストのひとりだ。田嶋とは昔から仲が良く、親友と言える関係だと聞いている。そんな親友の頼みだからこそ、田嶋はアトリエへの訪問を承諾してくれたんだ、と叔父が言っていた。

「あ、あの……、よろしくお願いしますっ」

めげずにぐっと両手を伸ばせば、その先で男は煩わしそうにこちらを見、片手で名刺をひったくった。石粉が白く散るジーンズのポケットにそれを押し込み、「考えておく」と呟きまっすぐ顔を上げる。

日吉はちいさく返事をして、こくこくと頷いた。それから初めて、彼の作品ではなく、田嶋織斗という人物を正面から見て——その華のある風貌に驚いた。

このアトリエに無愛想な態度で案内されたときには顔は影になっていたから、気が付かなかった。

（かっこいいなぁ、この人）

さらりとした漆黒の、すこしラフに乱れた前髪の向こうから、鋭い光を放った瞳がこちらを見ている。眉間《みけん》には神経質な性格を思わせる皺《しわ》が刻まれていて、一見すると怖そうな印象だけれど、よく見ると頭上からのライトに照らされた目元のつくりは甘さを含んでいる。春めいた陽気の中で作業をしているせいか、綺麗な顎《あご》のラインにわずかに汗が滴った。

ぴりっと尖《とが》った男の色気、というものを感じる。いかにも女性にモテそう。ちいさくて男らしさがまったくない自分とはまさに正反対。

田嶋は質のよさそうな、使い込まれた木製の椅子に、長い脚を持て余すようにして座っている。白いシャツにジーンズというシンプルな格好なのにどこか垢抜けた雰囲気があるのは、スタイルがいいからだろうか。

田嶋はじっと見つめてくる日吉に気付き、一瞬訝しげに見やってから低い声を出した。

「俺はここで続けてるから、見学でもなんでも勝手にやれ。ただし、邪魔だけはするな」

いいな、と念を押したと思うとすぐ、田嶋は背筋をぐっと伸ばし、真剣な眼差しを手元に戻す。日吉もつられて、一緒に視線をずらした。

（うわ、ぁ）

瞬間、思わず、息を呑む。

田嶋は石に当てた刃の柱に向け、まっすぐにハンマーを振り下ろした。

カキン、と軽やかな音を立てて黒い欠片が散る。

それを、繰り返す。

一連の作業は繊細なのに、見ていて気持ちがいいくらい、動きに一切の迷いがない。

彼の彫刻の作業はまるで、石の中から体温を持った生きものを掘り起こしているかのようだ。

そして、どうしてだろう。田嶋の、ノミを持つ指先がきらきらと輝いて見える気がした。刃から跳ねた金属の粉が光っているのかとも思えたけれど、やはり、その手だ。柄を握る三本の指、そこから浮いた小指のライン、力強く添えられた親指。指は長く、男らしく筋張っているのに、微妙な力加減の調整をする手先は驚くほど器用に動く。石に魂を宿す作家のその左手が、どうしようもなく魅力的に見えた。

どくん、と鼓動が鳴る。

おかしいな、と思ったときにはもう、溢れ出す感情で息が苦しくなっていた。

この感じは、とてもまずい。待って待って、だめだ。

けれど、いけないと思えば思うほど、気持ちが高まる。身体がむずむずとして、じっとしていられなくなる。頭のてっぺんからつま先までがじんじんと熱くなって、鼓動が速まって

いく。

（いいなぁ、あの、手……）

見つめる瞳が自然と、うっとりとしたものに変わってしまう。ギャラリーの来廊者が芸術作品を見て恍惚《こうこつ》の表情を浮かべていることがあるけれど、きっと自分は今、そういうときの彼らと同じ顔をしている。

田嶋が一際強く手を動かし、大きく石が割れる音がしたとき、作品の完成度と共に、石肌の持つ体温がぐっと増した気がした。

「あ……っ」

「ア？」

思わず漏れた感嘆の声に、田嶋の不機嫌そうな瞳が向けられる。

視線が合った瞬間、どこかの回路がばちんと弾けた気がした。一気に電量を使いすぎて部屋のブレーカーが落ちたみたいに、一瞬、日吉の瞼《まぶた》の裏が暗くなった。

触れてみたい……触りたい触りたい触りたい。

その気持ちだけが思考を埋め尽くして——、そうして、気がついたときにはもう、身体が動き始めていたらしい。

「……おい！　なにしてる⁉」

「へっ？」

裏返った声を出しながら顔を上げると、驚くほどの至近距離にひくりと眉を引きつらせる田嶋の端整な顔があった。同時に手のひらと頬に感じる、あたたかいぬくもり。

触りたいと思っていたら、触ってしまったどころか——日吉は、田嶋の手に頬擦りしていたのだった。


日吉は元々、「欲」というものが薄いらしい。

一般的に人間の三大欲求といわれる食欲、性欲、睡眠欲に加え、物欲もほとんどないといっても過言ではなかった。

だからこそなのか、ときどき、ごくまれに感じる欲求は、自制が利《き》かないほどに強い。

とはいえ、そのほとんどは不思議な形をした石に一目惚れしただの、やさしい音のする目覚まし時計が欲しいだの、書きやすいペンを使いたいだのといった安上がりでたわいない物欲だったのだけれど、今回は、初めてのケースだ。

触れてみたい——、だなんて。

「どういうつもりなんだ。変態なのか、それともふざけてるのか。アンタは俺をおちょくりに来たのか」

田嶋は低くよく通る声で早口に言い、はぁとため息を吐《つ》く。

「そんなつもりは……」

上目遣いでそっと顔色を窺えば、先ほど甘いと感じた瞳がぎろりとこちらを睨《にら》みつけた。視線がかち合った途端に増えた眉間の皺は作業中よりも険しいもので、日吉は見ていられなくて素早く頭を下げた。

「ほ、本当に、すみませんでした！」

何度目かの謝罪の言葉を大きく叫ぶ。しかし、座ったまま両腕を組み、長い脚を揺らして床を踏み鳴らしている田嶋のピリピリとした気配は変わらない。

「だから、謝れって言ってるんじゃない。どういうつもりだったのかと聞いてる」

「どういうって、おれ、いやぼく、変なつもりはなくて、その、あのー……本当に、なんて言ったらいいんでしょう？」

「俺に聞かれても困る」

「で、ですよね……」

うまい言葉が出てこなくて、喉の奥が苦しい。日吉は落ち着かず、やや厚めの下唇を触りながら考える。

（だって触りたかったんです、じゃあこの人の言うとおり変態みたいだし、でもそれ以外の理由なんてないし……。ど、どうしよう、なんて言っていいかわかんないよ）

なにも言えずにいると、ややあって田嶋が大げさに長い息を落とした。

「なるほどな。時間の無駄だった」

「えっ？」

「ギャラリーへの作品展示の誘い、だったよな。お断りだ。帰ってくれ」

田嶋の吐き捨てるような声が頭に響き、さぁっと血の気が引いた。まずい。田嶋が椅子から立ち上がり、出口の方向へ歩きだそうとしている。

「ま、待ってください……っ、ぁ、わっ」

慌てて足を伸ばした先、田嶋の座っていた椅子に膝をぶつけてしまった。

日吉は振り返って腰をかがめ、椅子の角をそっと撫でながらちいさく「ごめんね」と声をかけた。

（あ、この子……）

使い込まれた木製のそれは、色にヴィンテージならではのやさしい深みと艶《つや》があり、大切に扱われているのがひと目でわかる。そういうものは、見ている方もうれしい。

思わず微笑みかけたとき、背後から「おい……なにしてる？」という田嶋の不審げな声がして、日吉はびくりと動きを止めた。素早く立ち上がって振り向き、なんとか声を絞り出す。

「い、いえっ、なんでもありません。それよりも、あっ、あの、先ほどは、変なことしてすみませんでした！」

やはりうまい言葉が出てこなくて、ただただ頭を下げて大きな声で謝ることしかできない。おれの馬鹿、と日吉は自分の頭の悪さを呪った。

もう二十歳にもなるのに、ものを知らなすぎるのだろう。

退屈で寝てばかりだった高校の授業を、ちゃんと受けていればよかった。大学にも、行っておけばよかったのかもしれない。日吉の上にいる四人の姉は全員大学に進学したが、その誰もが「大学は出会いの場」と言い、ただ遊びに向かうだけだったのだ。

あんなふうにはなりたくないと思い高校を卒業してすぐに実家を出て、親戚の叔父のマンションに居候をしながら彼のギャラリーでアルバイトを始めたのだけれど。

（おれ……）

張り切って着込んだ慣れないスーツのジャケットの袖が長いのに気付いて、急に恥ずかしい気持ちになる。

アートについてまだまだ勉強中な日吉にできる仕事はといえば、受付でちょこんと置物になっていることくらいだ。幸いにも持ち前の愛嬌が力を発揮し、日吉はただいつもどおりにこにことしてさえいればギャラリーに来る人間を不快にさせずに済んでいた。むしろ明るい応対は好評で、常連の中には受付の日吉との雑談を楽しみにして来る者もいるという。そんなひとときは日吉にとっても楽しい。

しかし、ずっと置物になっているわけにはいかないと思っていた。そうしてやっと任された新しい仕事で、あろうことか取引相手を怒らせてしまったとくれば、能天気なのが取り柄といわれる日吉もさすがに落ち込む。

「すみません……」

「アンタさぁ、それしか言えないのか？　いまどき小学生でももっとマシな言い訳するぞ」

「す、すみま……」

「ほらまた。いくら姫野の紹介っつっても、こんな奴を寄こすようなギャラリー、胡散臭くて信用ならない」

冷たい声が、頭の中にぐわんぐわんと反響する。やさしくて仕事熱心な叔父の顔がそこに浮かぶ。このままじゃ、だめだ。

「……あ、あのぅ」

指先でスーツの袖をぎゅっと摑み、日吉は口を開いた。

「なんだ」

「お、おれは確かに馬鹿ですけど、ギャラリー・ウフは、本当にいいギャラリー、なんです。おれみたいな素人じゃなくて、ちゃんとした目利きのおじさん……オーナーが、作家さんのために、本当にがんばってるんです。だから、あの、考え直してください、お願いします……！」

本音だけれど、ひどくへたな言葉が、アトリエに響くのが恥ずかしかった。日吉は頭を深く下げたまま、細めの肩をぶるぶると震わせた。

すこしの沈黙のあと、はぁ、と田嶋がため息をひとつ落とした気配がした。

「……余計なエネルギーを消費した」

「え？」

突然、張り詰めていた空気を裂くように田嶋がパンと手を叩き、続いて大きな声を出す。

「おい、甘いもの持ってこい！　冷蔵庫にエミリー・シャルパンティエのプリンがあっただろ！」

ガレージを改造したと思われる広い空間に、田嶋のぴんとした張りのある声がこだました。

ぺらぺらと聞こえた呪文のような言葉は意味不明で、自分に投げられたものではないようだ。誰か他にいるのか、と日吉は頭を上げて周りを見渡したけれど、田嶋の声に対する返事は辺りに並べられた石たちが放つ、しんとした沈黙だけだった。

「あ、そうか、クソ」

ふいに田嶋が自らの腰を強く叩いたから、日吉は驚きに一歩飛び上がった。白い石粉がふわりと舞い、どこからか、わずかに甘い香りがする。

「あいつは昨日逃げ出しやがったんだった。ったく、出来損ないのスレイブが……」

舌打ちのあとに聞こえた言葉の意味がわからず、日吉は思わず「え？」と田嶋の顔を覗き込んでしまった。軽く首を傾げるとふわりとしたはちみつ色の前髪が揺れて、日吉の瞳を隠す。田嶋を真っ向から見るのは怖いから、このままでいいかも——そう思ったときだった。

「そうか、アンタ」

なにかを思いついたみたいな声と共に、どうしてか、その前髪の隙間から見える田嶋の指先がゆっくり近づいてくる。

彼は日吉より頭ひとつ分ほど背が高かった。ゆうに十センチは差があるのではないだろうか。日吉は一七十センチほどだから、田嶋は一八十センチはあると思われる。

真横から見下ろされるとかなりの威圧感があり、さらに近づいてくる指先に怯《ひる》んだ日吉はびくりと首をすくめ瞼を閉じた。なんとなく、既視感がしたからだ。

おまえの頭ってちょうどいい位置にあるよなぁ、と学生のころ、背の高い友人に髪をわしわしと撫でられながら言われたことがある。

ちいさくて丸い頭に、ふわふわとやわらかい癖っ毛のはちみつ色の髪。飴玉みたいに大きくて丸い瞳、ちょろちょろと動く細身の白い身体、どうしてか男にしてはふっくらとした尻。それに加えてこの名前だから、あだ名は言わずもがな——。

「……ヒヨコっぽいな」

田嶋の低い声が聞こえて、びくりと肩が揺れる。頭の中を覗かれた気がして、怖くて一瞬声が出なかった。

それから、日吉の丸い額にかかった前髪が、さらり、指先で梳《す》かれる感覚。

「なんだっけ、名前」

「え、え……？」

「アンタの名前だよ、名前」

目の前で言われて、ざっと顔が青くなる。

「まさか通報する気じゃ……。け、警察は勘弁してください、お願いします！　な、なんでもしますから！　あの、警察だけは……！」

仰々しい台詞《セリフ》を涙目で叫んだ日吉は、自分が取り返しのつかない言葉を口走っていることにまったく気付いていなかった。

「ふーん。なんでもする、ね。で、名前はって聞いてるんだ」

「日吉です、日吉悠也……！」

「日吉か」

数分前はあれだけ触りたいと願った指先が、ひどく恐ろしく見える。今にも携帯電話を取り出し百十番される気がしてしまうのだ。

「そのまんま。ヒヨコだな、アンタ」

声に身をすくませれば、目の前の男はわずかに口の端を上げていた。高さを合わせてじっと見つめてくる黒い瞳は温度がなく、なにを考えてるのかわからない。彼のその瞳や髪と同じ漆黒の睫《まつげ》がひどく長いことに気付いた瞬間、田嶋の形のいい唇が動いた。

「わかった。今作ってるこれ、アンタんとこのギャラリーに置いてやってもいい」

「えっ」

「ただし、条件がある」

それがなにかも聞かないまま、日吉は助かった、と思った。

ぱぁっと顔色を明るくした日吉の鼻先に、器用な男の指先が一瞬近づいて、すぐに離れた。

「なんでもするって言ったな。じゃあアンタ、俺のスレイブ……——、いや」

聞きなれない単語に首を傾げると、男はちいさく咳払いして続ける。

「もとい、アシスタントになれ」

「え？」

「ちょうど昨日逃げられて人手不足だ。多少のバイト代は出す」

「アシスタント……は、はい、おれでよかったら、やります！」

ようは、作品作りの手伝いをすればいいのだろう。それでこの場が丸く収まるのならありがたい。せっかくの機会を潰してしまうところだったのだ。

叔父の笑顔がふと脳裏に浮かんで、あぁよかった、と日吉はほっと胸を撫で下ろした。

「じゃあさっそく、明日から頼む」

「あ、明日からですか？」

「そうだ、とりあえずはこれが完成するまでの数日でいい。明日の午前九時にまたここに来ること。わかったな、」

——ヒヨコ。

そう続いた言葉には面食らったけれど——まぁいいや、と極めて楽観的な日吉は思ったのだった。

夕暮れ時、日吉が叔父のギャラリーに戻ったときには、静かな時間を求めて訪れた来廊者たちがゆったりとアートを楽しんでいた。

「oeuf——ウフ——」は静かな並木道に面した一階にあり、本格派でありながらもかしこまらず、初心者でもぶらりと立ち寄れるようなアットホームさが好評だ。

ギャラリースペースは大小四つのフロアから構成され、天井が高い広々とした空間は絵画をはじめ、あらゆるジャンルの作品発表の場として使用されている。

また、入り口の右側には全面ガラス張りのちいさなカフェが併設されており、店内の展示を楽しみながら、コーヒー好きの叔父が選んだこだわりのドリンクが堪能できる。日吉も受付の休憩時に、そこでまったりとした時間を過ごすのが好きだったりする。

日吉が意気揚々と入り口をくぐると、カフェスペースでこの世の終わりみたいな暗い顔をしている叔父が目に入った。

日吉の帰りが予定より遅れたせいか、心配性の叔父は気が気ではなかったようだ。ふくよかなシルエットの背中がそわそわと落ち着かない様子を見せている。

「ただいまっ」

丸い肩を叩きながら明るく声をかけると、ぱっと振り返った叔父の顔は青かった。

「ゆ、悠也くん！　もう、心配したんだよー。連絡くれればよかったのに」

ごめんなさい、と肩をすくめると、叔父が「で、どうだった……？」と恐る恐る言う。

「へへー。なんとかオッケー貰えたよ」

指先でちいさな丸を作りながら言ったあと、条件つきだけど、と小声で付け足す。

「じょ、条件って、どういうこと？」

「んと、それがね……、あ！」

どう説明をしたものかと思案しながら視線をずらせば、心配顔の叔父の後ろに見知った男を見つけた。

「姫野さん！　こんにちは」

「ヒヨコちゃん、おかえり～」

姫野はさらりとした長めの茶髪を揺らし、こちらに近づいてくる。

「無事に帰ってきてくれてよかったよ～。もうさ、オーナーずーっとそわそわしてたんだから」

「だって心配じゃないの。悠也くんだよ、ウフの看板息子だよ？」

「そ、そんなの初めて言われた……」

叔父の言葉にとまどった声を返せば、姫野が目を細めてくすくすと笑った。自分がヒヨコなら、きっと彼は血統書つきの猫。そんな印象の綺麗な顔つきで、彼は歌うように話す。

「ヒヨコちゃんがいると受付が明るくなりますもんね～。いつもにこにこしてるからかな？」

「そうなんだよ。だから僕としてはずっとここの看板息子でいてもらってもいいんだけど、悠也くんはまだ若いしね。ほかの仕事も覚えてもらおうと思ってさ」

「今日がその第一歩ってわけですね。ヒヨコちゃん、お疲れ様～」

はい、と頷けば、頭をふわりと撫でてくれた。

ギャラリー・ウフの専属アーティストである姫野は、よくこうして叔父と立ち話なんかをしているので、アルバイトの日吉とも顔見知りだ。日吉を「ヒヨコちゃん」というあだ名で呼び、なにかとかわいがってくれるのだった。

「でね、田嶋さんの条件っていうのは……」

それから日吉は早く叔父を安心させようと、手短に結果報告をした。日吉の態度のせいで田嶋を怒らせてしまったことは伝えたけれど、触れてみたいという欲求に勝てずに彼の手に頬擦りしてしまったことは、さすがに伏せておく。

ギャラリーへの作品展示の交換条件が作業アシスタントということには叔父も驚いていたものの、「ひとまず、なんとかなってよかった」と肩の荷を下ろした。

「おじさん、おれってそんなに頼りない？」

その問いかけを笑って誤魔化した叔父は、心底安心した様子だ。まるで小学生の子供を初めてのお使いに行かせた親みたいだ。

いったい自分はどれだけ危なっかしく思われているんだろう、と日吉は一瞬唇を尖らせたけれど、今までが今までだし、今回だって実際に交渉失敗寸前だったことを思い出して苦笑した。それに自分の根本的な部分は結局のところ、小学生のころとなんら変わりないと自覚している。

「しかし、数日とはいえ田嶋くんのアシスタントか。彼は気難しい人だって聞くけど……実際どうなのかな、姫野くん」

「織斗ですか？　そうですね、確かに彼の性格は難アリですよ」

姫野は肩をすくめ、苦笑した。

ファーストネームで呼ぶということはやはり付き合いが深いのだろうけれど、田嶋は姫野の名前を聞いてあんまりうれしそうじゃなかった。日吉はぼんやりと田嶋の眉間の皺を思い出しながら首を傾げた。

「難アリというのは……？」

叔父がおそるおそる聞けば、姫野はふわふわと両手を振った。

「あ、悪い奴ではないんですよ。めんどくさいってだけで！　俺と織斗は腐れ縁っていうか、大学からだから結構付き合い長くて、何度か一緒にグループ展した仲で。だから俺は平気ですけど、慣れないと付き合いは難しいかもしれない。分厚い取扱説明書をつけてあげたいくらい」

「そ、そんなに？」

「ん～、でもまぁ、大丈夫じゃないかなぁ？　ヒヨコちゃんなら！」

姫野は高めの声で楽しそうに言うと、ぴょんと飛ぶようにして身体を寄せてくる。

「ヒヨコちゃんはかわいいからね～。織斗はああ見えて、かわいい子には甘いよ」

「え、えぇ？　かわいくなんてないし、そ、それに、すっごく厳しかったけどな」

日吉もまれに中性的と言われることがあるけれど、彼こそがそういう存在であろうと思われる姫野にそんなことを言われて、ちょっとどぎまぎしてしまう。

「やっ、マジで大丈夫。本気で嫌いな人間とは口もきかないから、あいつ」

「そ、そうなんだ」

どう考えても嫌われているとしか思えない応対をされたけれど、あれでもマシなほうだったということなのだろうか。

「それにかわいい子に弱いのもガチ。だって例えば、織斗は俺にはまったく頭が上がらないの。俺ってば超かわいいから」

　ウインクを交えてそんなことを言う姫野は、彼が描く絵画の美しい女性に似ている気がした。自信に溢れた態度は眩しくて、いつも羨ましく思う。確かに姫野になら、田嶋も甘くなってしまいそうなものだ。うんうんと納得して頷いていると、吹き出して笑った姫野が日吉の丸みを帯びた頬をぷにっと突《つつ》いた。

「ふふ、やっぱヒヨコちゃんも俺に負けず劣らずかわいいっ。ね～ヒヨコちゃん、俺の絵のモデルやんない？」

「えっ」

　焦った声を上げたのは、姫野の描く人物画がほぼオールヌードだと知っているからだ。思わず一歩下がれば、姫野がじりじりと迫ってくる。

「この頬のやわらかい曲線とか、ちょっとツンとしてる唇の形とか超描きたくなるんだよね～。あとその髪の毛ね、背景に濃い色を置いたらコントラストでふわふわ具合が映えそう。ヒヨコちゃんは肌も白いし」

　姫野の細い指が頬の曲線をなぞったとき、叔父がはっと笑った。

「いやいや、姫野くん。君女性しか描かないって決めてるんじゃないの？」

「あ、そうでした」

　うっかり、と言って、姫野と叔父が顔を見合わせて笑う。冗談だったのかと日吉もほっとして、つられて頬を緩めた。

「なーんて。暇になったら個人的に趣味で描かせてよ、ヒヨコちゃん」

「う、うん」

大人しく頷けば、よしよし、と姫野が頭を撫でてくれる。日吉と同じ高さでこちらを見る姫野の瞳は妙に楽しそうで、どこかこの状況を面白がっているようだった。

「ん～。ヒヨコちゃんの髪ってふわふわで、触り心地いいよね。俺大好きだな」

「え？ へへ……」

姫野の言葉もやわらかい動きもくすぐったくて、日吉はくすくす笑ってしまう。

距離が近いのはいつものことだし、こういうスキンシップは四人の姉とその女友達に囲まれて過ごした思春期のおかげで慣れている。叔父もいつも微笑ましそうに見守ってくれているし、姫野も普通より仲の良い兄弟みたいなものだ。そう思っていたけれど、傍目《はため》には近すぎたらしい。

「ちょっと君、日吉くんだったたっけ。ずいぶん馴れ馴れしいんじゃないの？」

日吉の肩に手を置き、ふたりの間に入り込む短髪の男がいた。涼しげな目元にかかった眼鏡が知的な雰囲気だ。見た感じ、三十代前半といった印象の男は、そういえば最近よく姫野のとなりにいたような気がする。

「ご、ごめんなさい、えっと」

「いいよ、ヒヨコちゃん。おい、なに言ってんだよ竹内《たけうち》」

姫野は竹内と呼ばれた男の腕を摑み、きつい眼差しで睨《ね》め上《あ》げた。男は姫野より一回りは大きい身体を軽くすくめ、一歩下がると「だってさ」と不服そうな声を出す。

「うるさい。俺が好きでヒヨコちゃんを構ってるんだからほっとけよ」

姫野は厳しい口調でそう言ってから一変、にっこりとした笑顔をこちらに向ける。

「ヒヨコちゃんごめんんね、こいつ、俺の友達の竹内っていうの。油絵やってて、去年のグループ展で一緒になったんだよね～」

「そ、そうなんですね。えと、はじめまして、日吉悠也です」

笑顔で挨拶をしたものの、姫野のとなりに立つ竹内から返された視線はほぼ睨まれているに近いものだった。それから竹内はふんと鼻を鳴らし、日吉の顔を指差し口を開いた。

「一言だけ忠告しておくけど。田嶋の手伝いなんてやめたほうがいい」

「え？」

「ちょっ……、竹内いつから聞いてたんだよ」

「あの男と関わってよかった、なんていう話は一切聞いたことがない。僕の周りでも、嫌いだという奴はいても好きだなんて奴はいない。きっと君は後悔することになると思う」

矢継ぎ早に言われ、日吉はぽかんとした。「やめろって」と言う姫野の静止を無視して、竹内は続ける。

「ちょっと話題の新星だからって、自分はおまえらとは違うってオーラを出してるのが嫌われてる理由だろうな。だいたい奴は信じられないくらい無愛想で、年上である僕に挨拶もしない。僕はずっと疑問なんだよ、なんであんな奴がこの世界でやっていけてるのかって――」

「いい加減にしろよ！」

姫野が遮るように声を荒らげたため言葉は止まったけれど、男の表情はずっと険しいままだった。

「なんなんだよ竹内……。ごめんねヒヨコちゃん、気にしないで」

「い、いいえ、大丈夫です」

苦笑いを浮かべた姫野が、まだなにか言いたげな顔の竹内の背中を押した。

「んじゃ、俺たちはそろそろ行くね。……そうだ、ちなみに、織斗の言ったスレイブっていうのは『奴隷』って意味なんだよ、ヒヨコちゃんっ！」

くすくす笑ってそう告げ、彼は叔父に挨拶をすると竹内を引っ張るようにしてギャラリーを出ていった。

「ど、どれい……？」

残された叔父とふたり、思わず顔を見合わせる。叔父の眉が不安げに下がった瞬間、日吉は慌てて両手を振り、「たぶん冗談だよ、冗談！」と笑いかけた。

それならいいけど、と呟いた叔父はややあって、ふっと息を吐いて目を細めた。

「さっきの。竹内くん、最近行き詰まってるって聞いたから、余裕がない時期なのかもしれないね。姫野くんも言ってたけど、気にしないであげて」

「うん」

叔父のやさしさは、干したてのふわふわした布団みたいに誰もをやわらかく包んでしまう。人の尖りもひっくるめて受け止めてくれる、そんな叔父が日吉は大好きで、尊敬している。竹内からは鬱屈した心情と、田嶋へのどろりとした憎しみを感じた。ふたりの間になにがあったのかはわからないけれど、芸術家同士の確執があるのかもしれない。

「それでアシスタントの話だけど、悠也くん、本当に大丈夫？　なんだか大変そうだし、無理なら他の子に頼んでもいいんだよ」

叔父がいつものゆったりとした口調で話し、心配そうにこちらを見ている。確かに日吉自身も不安がないと言ったら嘘になるけれど、なぜだろう、大丈夫、という確信めいたものを感じる。

「だいじょぶ、だと思う。竹内さんはあんなふうに言ってたけど、おれ田嶋さんのこと、そこまで悪い人とは思えなくて」

田嶋は道具や家具といった身近なものをひとつひとつ、とても大切にしていた。あたたかいオーラを持ったものたち。日吉はその持ち主の心も、やさしい気がしてしまう。

「悠也くんがそう言うならねぇ。あぁでも、慣れない場所で体調を崩さないかなぁ」

「へーき！　最近はそういうの、すくなくなってるし」

叔父は日吉のことを昔から知っている。だからこそ心配をしてくれているのだ。叔父の丸みを帯びた顔を覗き込み、日吉は安心させるように笑いかけた。

田嶋のアトリエの空気はやわらかく、あたたかかった。大丈夫だ。

それに、今日見た彼の彫刻作品のことを思い出すと、胸がぐっと熱くなる。このギャラリーに置かれ、多くの人の目に触れる日を想像するだけでうれしくなってしまう。

加えて――なにより。

（おれ、触りたい、って思ったんだよね、あのとき……）

日吉は、初めて人に対して感じた欲求の余韻に、ぼんやりと浸っていた。

2

田嶋《たじま》のアトリエは春に色づく緑に埋もれ、外界から身を隠すようにひっそりとしていた。東京郊外にあるそこは、広めの古民家のガレージをリフォームしたものだという。駅からの広い坂道を数分上がると、緑の多い通りに出る。そこに田嶋が彫ったであろう大きめの黒大理石の看板がなければ、存在に気付かず通り過ぎてしまいそうだと思った。

一晩明けた午前九時、日吉《ひよし》は約束どおり再度ここを訪れた。

昨日と違うのは、その緩いファッションと、肩に引っ掛けた大きめのボストンバッグの存在だった。

とりあえず、思いつく限りの道具を詰め込んできた。服装は、あたたかくなってきた五月の気候に合わせ、やわらかい生地でできた薄手のパーカーに、ラフなコットンパンツ。半ばパジャマのような格好は田嶋から昨日唯一指定された「汚れてもいいラフな服装で来い」を忠実に守ったものである。

「田嶋さん、おはようございます！」

明るく挨拶《あいさつ》をした日吉は目覚まし時計を三つセットしたのにも拘らず寝坊し、慌てて身支度をして家を飛び出したせいで、丸い後頭部にはちみつ色の癖毛がぴょんぴょんと散っていた。お辞儀から顔を上げた日吉の、綿毛のような毛先が朝の日差しに輝くのを見て、田嶋は鬱陶しそうに眉を顰《ひそ》めていた。

「とりあえず合格。こっちに来い」

開口一番そう言って、すたすたと長い脚で歩き始めた田嶋の背中を慌てて追いかけながら、日吉は首を傾げた。

「あのっ、合格っていうのは？」

「服装だ。アシスタントはおまえでかれこれ十人目だが、半分以上はここでお帰り願ってる」

「な、なるほど」

そんなにクビにしてきたのか。怖いことを無表情であっさりと言ってのける田嶋を見て、やはり厳しい人であることに間違いなさそうだ、と日吉は思った。

田嶋が力強く腕を伸ばし、アトリエのシャッターを全開にする。

眩しさに、日吉は思わず「わぁ……」と声を上げた。午前の白い日差しが、広い室内を照らしている。

入り口のすぐ横に置かれた大小様々な石材が、光に反射していきいきと輝く。田嶋の手によって加工され、作品になるのを待っているものたちだ。

芸術家のアトリエというと材料や道具で溢れ混沌としているイメージがあるが、田嶋のそれはまったく違っていた。昨日も思ったけれど、すべてのものの定位置がきっちり決められ

ているのだろう。一寸の狂いもないような絶妙な配置で、制作に必要な道具や材料が美しく
　整然と並んでいる。それらを眺めていた日吉の口は、ぽかんと開きっぱなしになっていたらしい。

「おい、アホみたいな顔して突っ立ってんな。とっとと来い」

「あ、は、はいっ！」

　田嶋が中央に位置する椅子に腰掛け、ペットでも呼ぶみたいに手を叩いた。急いで駆け寄り田嶋の前に立つと、口を真横にきゅっと閉じて彼の言葉を待つ。田嶋は薄目でこちらを見て、チッと舌打ちした。

「朝から声がでかい。頭に響く」

「あ……、ご、ごめんなさい」

「いいか、アシスタントの仕事は主に雑用だ。粗削りなんかを任せる奴もいるらしいが、俺の場合は基本石には一切触らせない。おまえがやるのは俺が取ってこいと言ったものを正確に渡し、アトリエを掃除し、俺が食いたいと言ったものを素早く買ってくるくらいだ。簡単な仕事だろ。これで時給千円」

「え！　ま、まじですかっ」

　また声が大きかったのか、じろりと睨《にら》まれる。椅子に座る田嶋はこちらを見上げているはずなのに、はるかな高みから見下ろされている気分になる。片手で口を押さえて肩をすくめ

ていると、田嶋が早口で言った。

「今日はとりあえず研修という形で、おまえがちゃんとやれるようなら正式に雇わせてもらう」

「はい」

恐々と返事をしながら、それでも単純な日吉は内心、うきうきと胸を弾ませていた。

それだけなら、不器用な自分にもできそうだ。それに田嶋はやはりちょっと気難しそうだけれど、あんなにものを大切にする人だし、きっと根はいい人だ。なーんだ、この仕事、楽勝じゃん！

——そんなふうに日吉が思っていたのはアトリエに入ってからの数分だけで、それからすぐに考えを改めることになった。


「ヒヨコ！」

日吉に声がでかいと注意したわりに、田嶋もこちらが縮み上がるくらいに声が大きかった。

いや、というよりは、田嶋の声は低く、広々としたアトリエに妙によく響くのだ。

ヒヨコというあだ名が完全に定着しているのを可笑《おか》しむ余裕もなく、呼びかけにびくりと肩を揺らした日吉は言いつけられていた床掃除を中断して、中央に座る田嶋の元に駆け寄った。

田嶋は手の中にある直径十センチほどの平たい石を指先でコンコンと軽く叩き、くいと首をひねる。

「なんだこれは。俺は一八十番の砥石《といし》って言っただろうが。これは一八百番だ」

「あれ？　見間違えちゃいました、ごめんなさい！」

田嶋は舌打ちのあと、無言で手のひらを後ろに振り、キャスターつきのワゴンを指差した。石の研磨に使う砥石がびっしりと入っているそれは、田嶋の座る椅子の真後ろにある。身体をひねって自分で欲しい番号のものを探せばいいのになぁ、と日吉は思ったけれど、さすがにそれを口に出すほど馬鹿ではなかった。急いで正しい番号の砥石を探して、割れないよう丁寧に持ち上げて手渡す。

「はいっ、一八十番です」

「そのくらい一回で持ってこいよ。次やったらクビだ」

「は、はい……、ごめんなさい……」

イライラとした口調で言われ、日吉は震え上がった。ここに入って一時間ほどで、すでに五回も「次にやったらクビ」と忠告をされている。

「おい、片付けた砥石の位置がズレてる。横一列になるようにしろ」

「はい、えっと……、あれ」

ズレたところを揃えようとしたら、他の部分が動いてしまった。慣れない石の扱いは難しく、不器用な日吉には至難の業だ。

おぼつかない手元を見てイライラし始めたらしい田嶋が、コンクリートの床をたんたんと靴で鳴らしている。その音に急《せ》かされて余計に手元が狂ってしまい、結局うまくできずに田嶋に涙目で助けを求めることになった。

そのあとも、指定された道具の名前を覚えられず、渡すものを二回間違えたところで厳重注意された。

「三歩で忘れる鳥頭って言葉があるが、そういうことなのか？　脳に刻み込めないなら紙にでも書いて覚えろ」

「は、はいぃ……」

ひとしきり説教し、田嶋は舌打ちと盛大なため息、さらに「クソ」という呟きのトリプルコンボを決めたあと、まっすぐに腕を上げすっと出口を指差した。まさか追い出されるんじゃ、と日吉が涙目になった瞬間、田嶋がため息交じりで言った。

「もういい。とりあえずここはいいから買い物に行け。エミリー・シャルパンティエのプリン……いや、今日はフィナンシェだな」

「ふぃ、ふぃなんしぇ……？　な、なに、それ」

思わず敬語が崩れるほどに謎な単語の羅列に、日吉はぽかんと口を開けた。

あ、待て。でも、昨日もどこかでその言葉を聞いた、とふと思い出す。そうだ、確か——。

「そ、そのなんとかシャンパンのプリン、冷蔵庫にあるって田嶋さん昨日言ってましたっ」

これはお手柄だろう、と声のトーンを上げた日吉を見て、田嶋は鼻で笑った。

「シャルパンティエな。昨日の分はもう食い尽くした」

「食い尽くした……って、田嶋さんは甘いもの、大好きなんですね」

昨日は驚く暇もなかったけれど、改めて考えるとかなり意外だ。それが顔に出ていたのか、田嶋はすらりとした指先をこめかみに当てると、とんとんと叩きながら言った。

「俺のはただの甘党じゃなくて、ちゃんとした理由がある。芸術というのは心で作るもの、と言う人間もいるらしいが、俺は脳で彫ってるんだ。作業にたくさん脳を使いブドウ糖が消費され不足して、甘いものが無性に欲しくなるという仕組みだ」

「へぇー。そういうものなんですね」

感心して何度も頷いていると、田嶋が長い腕を上げてまっすぐに出入り口を指差した。

「もたもたしてないで、とっとと買ってこい。そこの坂道をまっすぐ下って徒歩十分だ。三十分以内に帰らなければクビ」

「わ、わ……い、いってきます！」

日吉はその後きちんとメモをして、何度も頭の中で舌を噛みそうな店名とお菓子の名前を反芻《はんすう》しながら坂道を歩いた。そしてなんとか田嶋の指定した駅前の店の前までたどり着いたのだけれど、いざ店内に、というときになって携帯電話に田嶋からの着信があった。

「はい、日吉です」

『ヒヨコか？　買い物の追加を頼む。駅前のスタボコーヒーで、バニラクリームフラペチーノをモカシロップに変更したものに、ヘーゼルナッツシロップをトッピング、その上でエキストラホイップだ。以上、よろしく』

「え、えっ？　も、もう一回お願いします！」

　慌ててメモとペンを取り出し携帯電話を持ち直したときには、すでに電話口からは『ツーツーツー……』という電子音しか聞こえなくなっていた。リダイヤルをしても予想どおり出ない。

　これには、さすがの日吉も「無理！」と声に出して立ち尽くすしかなかった。

　日吉が息を切らしてアトリエに戻ったのは、制限時間の三十分のギリギリ一分前だった。アトリエの真ん中で待ち構えている田嶋に、甘い香りのする紙袋をおそるおそる渡す。彼は中身を確認し、大げさにため息をひとつ落としてから顔を上げた。

「あたたかいフラペチーノなんて初めて見たな」

　田嶋は作業台の上にまだ熱いカップを載せ、嫌みっぽく両手を広げる。日吉はぱっと頭を下げ、たどたどしく口を開いた。

「ごめんなさい！　あ、あのですね、フィナンシェは買えたんですけど、コーヒーの注文、覚えられなくって……だから、独断で違うやつにしました、ごめんなさい！」

「違うやつ、ねぇ……。俺はコーヒーならなんでもいいってわけじゃないんだが」

田嶋はぶつぶつと言いながら焼き菓子を取り出し、ひとくち食べてからコーヒーをすする。

それを日吉は、ドキドキしながら見守った。

「ん？」

目を開いた田嶋が何度かカップを傾けて、ややあってちいさく「ふーん」と呟く。

「ヒヨコ、このコーヒー、いったいどういう注文をした」

「え、えっと、おれ、コーヒー詳しくないから、その、店員さんにお任せしました。田嶋さんはフィナンシェと合わせて飲むと思ったから、そういう焼き菓子に合うブレンドにしてくださいって……」

「なるほどな」

田嶋は頷きながらコーヒーと共に焼き菓子を口に運び、三つほどをぺろりと平らげたあとに、その中の包みのひとつを摘み上げた。

「これ、やる」

「え、あ、ありがとうございますっ。もしかして合格ですか」

ぱっと顔を明るくすると、焼き菓子を放り投げながら田嶋が言う。

「まぁ、まずまずの及第点ってとこだな」

わたわたとその包みを受け取り、日吉は首を傾げた。

「きゅうだいてん……？」

「ギリ合格ってことだ。大抵の奴はこういうとき、自分のオススメのブレンドとやらを買ってくる。もしくは頼んでもいない別の店のクソ高いコーヒーを買ってきては『田嶋さんみたいなエリートにはスタボなんかの安物よりこっちですよね～』とかな」

言いながら田嶋はどこか自嘲的に口元を歪めていて、日吉はなんとなく悲しくなった。田嶋の表情から感じるのが悪意ではなく、諦《あきら》めに似た寂しさだったからだ。

日吉の視線に気付いたのか、「余計なことを話した」と呟き、田嶋は眼差しをきつくした。

「そいつらよりはマシってだけだ。スタボの教育の行き届いた店員に感謝だな」

「店員さん……？　あ、確かに、やさしかったです！」

コーヒーショップの店員はしどろもどろな日吉の注文にもにっこり笑って、「バター系の焼き菓子なら、深煎《ふかい》りのコーヒーですかね。トッピングには香ばしいカラメル、バニラ、チョコレートが合うと思います」と言ってくれたのだ。あのときのかわいい女性店員さんに感謝、と日吉はその場でちいさくお辞儀をした。

「……なんだ、それ」

「えっ、店員さんに感謝しました」

「確かに感謝しろとは言ったが……」

「た、田嶋さんがしろって言ったから……って。あれ、なんか、もしかして、こういうことじゃなかったり……？」

呆れた顔をしている田嶋を見て、やってしまった、と日吉は眉を下げた。

（やだな、変な奴だと思われたかも）

無意識にズレたことをしてしまう日吉は、学生時代「ヒヨコ」以外にもあだ名がひとつあった。

『不思議くん』だ。

ずっと、どこか遠巻きに距離を取られているようなその言葉が苦手だった。そう呼ばれると、おまえのことは理解できないな、と言われている気がして悲しくなる。

だからなるべく普通の行動を取ろうと努力しているのだ。子供のころからずっとある不思議な感覚も、最近では叔父の前以外では心の奥にひっそりとしまうことにしている。

とまどいに瞳を揺らす日吉を見て、田嶋はさっと視線を外した。それから彼はぶっきらぼうに「別にいい」と呟いた。

「えっ」

「もういいから、早く食っちまえよ」

「は、はい！」

いただきます、と呟いて焼き菓子を頬張る。口に広がるやさしい甘さに、日吉はほわりと頬を緩めた。

田嶋は態度こそやさしくはないけれど、不思議な奴だと突き放されなかったことが日吉にはうれしかった。コーヒーの話でわかったけれど、彼も周りに特別視されるのを嫌っているのかもしれない。日吉は自分も同じだからこそ、そういう空気は敏感に察してしまう。

ふと、田嶋のことを悪く言っていた竹内《たけうち》の顔を思い出す。憎しみに満ちた表情。あんなものを自分に向けられたら、日吉ならすぐにぺしゃんこに潰れてしまうだろう。

(田嶋さんは、大丈夫なのかな)

ちらりと田嶋の凜々《りり》しい横顔を盗み見たけれど、その瞳は感情がまったく読めなかった。彼は力強く立ち上がって、伸びをひとつした。

「休憩終了だ。日が暮れるまでに表面の粗削りは終える」

そうして再開した作業は、午前中より格段にスムーズに進んでいく。

日吉の仕事は基本的には掃除と作業補佐だ。専門用語が混ざる田嶋の指示にうまく従えず、最初の数時間は何度も怒られたけれど、田嶋のアドバイスでメモを取ることを覚えた日吉はやっと要領を摑んできた。

「石頭《せっとう》」

「せ、せっと？　ごめんなさい、それってなんですか」

「石頭ハンマー。右上のそれだ」

示された道具を両手で丁寧に取りそっと手渡せば、田嶋はすぐに外界から切り離された自分だけの空間に入り込んでいく。きっともう、周りの音なんて耳に入っていないだろう。『せっとう＝ハンマー。キャスターの右上』とあまりうまくない字でメモしながら、日吉はぼんやりと田嶋の動く左手を見つめた。

素人目にはわからない微妙な厚みを削ろうと、ノミの角度を細かく調節している。器用な指先の繊細な動きと、それを見つめる厳しい眼差し。

（すごい）

なにかを生み出していく瞬間というのは、こんなにも綺麗なのか。

ぼうっとしていると、思わず時間を忘れて見とれてしまう。はっとした日吉はぶるぶるとかぶりを振り、元々指示されていた耐水ペーパーとバケツの水の用意に戻った。

それから日が落ちるまで続いた作業は常に緊張感があって、頭と身体がひどく疲れた。でも、嫌な疲労感ではなかった。

出入り口付近で水を流していると、そよそよと涼やかな風が吹いてきた。

（空気が、気持ちいいなぁ。なんていうか、アトリエの雰囲気がいいんだよね）

目に入るものすべてがいきいきと、新鮮に輝いている田嶋のアトリエ。彼が大事に使っている手入れのいきわたった道具や、出番を待つ期待に満ち溢れた石たちが出している空気だ。

遠くの西の空が、綺麗なピンクに染まっていく。雲が多く、風が冷たい。そういえば、もうすこししたら春の嵐が来ると、今朝出かける前に叔父が言っていた。

「んー……」

日吉が細い手足を伸ばして大きく深呼吸をしていると、突然、後頭部の寝癖の辺りにぽこっと衝撃が走った。

「わぁっ」

「今日はこれで上がりにする。とっととバケツ片付けて夕食の買出しを頼む」

ふわふわと散る髪を両手で撫でながら振り返れば、目の前にちいさな革財布が突きつけられていた。

何事かと目をぱちくりさせていると、田嶋が形のいい眉を寄せる。

「おまえ、腹減らないのか?」

「あれ? そう言われてみれば減ってきたかもしれないです」

自覚はなかったけれど、胃が空腹を訴えていることに気付く。平坦な腹をさすりながら、なにか食べたいなぁと思った。普段から食への関心が薄い日吉にとっては珍しいことだ。

「じゃあ食っていけ。近くにスーパーがあるから、適当に弁当でも買ってこい」

「お弁当……?」

昼食もデリバリーだった。もしかして、田嶋はいつもそんな食生活を送っているのだろうか。

「た、田嶋さんて、自炊はしないんですか？」

「作業中はしない」

「そうですか……」

日吉は食こそ細いけれど、叔父と生活しているため朝晩は自炊している。うーん、と首を傾げてすこし考えてから、思い切って提案した。

「あの、おれでよかったらご飯、作ります」

すると途端に怪訝《けげん》な顔になった田嶋が、まじまじと顔を覗き込んでくる。

「どうしておまえが作る必要がある？」

「ど、どうしてって、あの、出来合いのものばっかりじゃ栄養が偏るかなって。田嶋さんは、おれよりもっと疲れてると思うしっ」

差し出がましいかもしれないけれど、これは見過ごせなかった。日吉には、一ヶ月ほど叔父が不在だったときに自分のためだけの食事を作る気にならず、食事のすべてを即席ラーメンにした結果、栄養失調で病院の世話になったという苦い思い出があったのだ。経験を例に出して必死に訴えると、田嶋はふぅん、と呟く。

「……そんなことしても、おまえの評価が上がることはないが」

「や、おれがしたいだけだし、いいんです」

慌てて手を振る。そういった打算的な考えができるほど、日吉は器用ではない。

「というか……おまえ、飯作れるのか？」

「え、えっと、普通に作れると思います。おじさんはいつも、いいね、食べられるレベルだねって言ってくれます」

にこりと微笑みかければ、田嶋は疑わしげに目を細めた。

「本当に普通なのか、それは」

まぁいい、勝手にしろ、と言った田嶋に革財布とエコバッグを託され、買い物に出かけた。アトリエの前の道を五分ほど歩くと、ちいさなスーパーがある。出かけ際に聞いた「甘味以外はたいしたこだわりはない」という彼の言葉を思い出しすこしほっとしながら、日吉は無難にカレーの材料を購入した。

買い物を終え、案内されてアトリエ横の玄関をくぐると、そこからは普通の生活スペースになっていた。最近では珍しい平屋だけれど、一人暮らしには十分すぎるほどの広さはありそうだ。洋風のリフォームが施されている室内のあちこちには、田嶋がデザインしたのだろうか、石や木でできたオブジェが飾られている。

黒を基調とした家具もこだわりが感じられ、アトリエと同じ空気を持ったそこはやはり日吉にとって心地がいい空間だった。

それから日吉が作った多少見た目が悪いカレーをリビングでふたり、黙然と食べた。

仕事量はそれほどでもないのに拘らず、普段使わない部分の頭や精神力を使ったせいだろうか、とにかくお腹が空いていた。こんなに食欲を感じたのは、本当に久しぶりだった。カレーもいつもの数倍美味しく感じて、田嶋はそんな日吉を訝しげに見ながらも、もくもくとスプーンを動かしていた。

「明日も今日と同じスケジュールで進める。遅刻はするなよ」

別れ際、無表情の田嶋に言われた。日吉は夜の坂道を下りながら、ふと、さっきのはもしかして、アシスタント採用ということなのだろうか、と思った。いつの間にか頭上には都心よりも多くの星が輝いて見えて、日吉は空を仰ぎながらすこし笑った。

がたんがたん、電車に揺られながら、目を閉じてゆっくりと今日の出来事を反芻する。田嶋から教えられた道具の名前や場所を、ひとつひとつ思い出していく。

(結構、忘れてるのがあるなぁ。あとでメモ見返してチェックしよ)

頭の中のまっさらだった部分が埋められていくのは、こんなに楽しいことなのか。うれしくなって、日吉は乗り過ごしそうになるほどに夢中で今日の復習をしていた。

マンションに帰宅して、相変わらず心配性な叔父に一日の報告をした。明日も早いからと早々に切り上げてシャワーを浴び、リビングに敷いた布団に包《くる》まった。身体にある疲労感は爽やかで心地よいものだ。

いつもの寝つきの悪さが嘘のように、とろけるような眠りが、すぐそこに来ていた。

遠くで子供の泣き声がする。

どこかで聞いたことのある舌ったらずな響きだ。

——怖いから、ロボットくんと一緒に行きたいだけなのに。なんで友達なのに、一緒にいちゃだめなの？

声の主の男の子は、ちいさな手でおもちゃの腕を握り締め、大粒の涙を零している。

——ロボットくんは生きものじゃないの。小学校にはおもちゃは持っていけないの。小学校に行って、ちゃんと生きてるお友達を作ろう？　ね？

やさしくなだめる女性が、彼のふわふわした髪を撫でる。それでも納得いかないのか、男の子は部屋のすみっこに走ると身体を丸め、肩を震わせて言う。

——ロボットくんは生きてるもん、絶対生きてる。ロボットくんと一緒じゃなきゃ、学校なんて行きたくない！

おもちゃを抱きしめて泣き続ける彼を見て、女性はため息を漏らして小声で言う。

——あなた、どうしよう。幼稚園では、ちょっと感性が豊かくらいにしか思ってなかったけど……、小学生にもなっておもちゃが生きてるなんて言うの、心配だわ。お姉ちゃんたちはみんな元気で明るいのに、どうしてこの子だけがこう……。

部屋の隅《すみ》でうずくまる男の子が、そっと顔を上げてすぐにまた顔を隠した。彼女のとなりに寄り添う細身の男性が、ちいさく頷いて息を吐《つ》いた。

——この子だって、いい子に育ってるよ。すこし人とは違うってだけで。そういえば精神科の友達がいるって弟が言ってたな。ちょっと相談してみる。

大丈夫だぞ、悠也《ゆうや》。そう続いたやさしい声に、涙でくしゃくしゃになった顔を上げたはちみつ色の髪の男の子——。

これは自分だ、と気付いた瞬間、日吉の大きな瞳がぱちりと開いた。

「ふぁ……」

ちいさなあくびをしてから、ふわふわとした寝癖のある後頭部を撫でた。

見慣れたリビングを見渡し、「おはよう」と声をかける。部屋の中の『もの』たちに。

(久しぶりに、子供のころの夢見たなぁ)

環境が変わったからかもしれない。叔父の家に居候を始めたばかりのころも、よく見ていた。

ロボットを抱いて駄々をこねていたのは十数年前の自分だ。記憶はおぼろげだけれど、実際にああいう会話があったのだろうな、と思う。

あのあと、悲しい空気が充満した、真っ白なものだらけの部屋に連れていかれたのは鮮明に覚えている。そこでも泣いて暴れた幼い日吉を救ってくれたのは他でもない、ギャラリーのオーナーでもある叔父だった。

すべてのものに、魂があるような気がしてならない。

人も『もの』もぜんぶ同じ。

叔父はそんな日吉の不思議な感覚を異常ではなく、個性として認めるよう両親を説得してくれた。初めて自分を認めてくれた存在。今日まで日吉がのびのびと生きてこれたのは、きっと彼のおかげだ。

両親はそうして、日吉になにかを強制することをやめたらしい。ロボットくん以外の友達もいいものよ、と日吉の言うことを否定せずに、すこしずつ学校へ行くことを勧めてくれた。おそるおそるでも、一度学校に行ってしまえばすぐに友達はたくさんできて、すこし変わった子、程度の扱いでクラスにとけ込むことができた。

自然に、どちらかというと放任的に育ててくれた両親。その結果、今の自分が、ぼんやりとしつつも明るく能天気な性格になったのだろう。

（おじさん、ほっとした顔してた）

昨晩帰宅して、楽しくやれたよ、と報告をしたときの叔父の笑顔を思い出す。

最近はすくなくなったけれど、以前は知らない空気を感じる場所に行くと気分が悪くなっていた。懐かしいな、と日吉は息を吐いた。

（田嶋さんのアトリエもこのマンションと同じで、やさしい空気だったから平気なんだろうなぁ）

ここに居候を始めたのは二年ほど前だった。

歳の離れた末っ子だった日吉が高校を卒業したころ、四人目の姉が家を出ていき、とうとう実家には五人もの子供を育てきった両親と自分だけが残った。五十代になってもまだまだラブラブなふたりの邪魔をしたくないと考えていたとき、叔父が声をかけてくれたのだった。

学生時代はなにか悲しいことがあれば逃げるように叔父の元へ行き、何日も泊めてもらうこともあった。叔父はそのたびにやさしく話を聞いてくれた。彼が今でも自分に甘く過保護になるのは、そのときの不安定な日吉を知っているからだろう。

とはいえ今はもう落ち着き、うまく隠すことで不思議な感覚との共存もうまくいっている。

でもやっぱり――、今でもたまにあの日を夢に見るのは、あのときの悲しそうな両親の目が忘れられないから、なのかもしれない。

彫刻というのは基本的に孤独な作業だ。

特に田嶋のような人間はアトリエにアシスタントがいるのを嫌いそうだし、どうしてクビにし続けながらもまた雇うのだろう、と日吉は初日に不思議に思っていた。

けれど数日間、田嶋を見ていてわかった。

きっと、一瞬であろうと手元から目を離したくないんだ。

欲しい道具を待つ間、田嶋の瞳はずっと石だけを見ている。鋭い眼差しはびりびりと張り詰めていて、周りの酸素を薄くする。

だから日吉には、作業中の田嶋は深い水の中に潜っているみたいに感じた。すこしでも息を吐くと、二酸化炭素がぽこりと大きな泡となって、田嶋の気を散らしてしまいそうだ。あまり長く近くにいると、息が苦しくて窒息してしまいそうな気すらする。

「耐水ペーパー、千番」

大きな手のひらで滑らかな石の肌の感触を確かめながら、こちらを見るでもなく田嶋が言う。

はい、と答えて目当てのものを手渡せば、田嶋はまたすぐに自分だけの空間にどぷんと潜っていく。他人の侵入を拒絶する、透明なオーラに包まれた空間。

ギャラリー展示用の作品完成まで、数日間続いた作業中、日吉はなるべく気配を消した。田嶋の張り詰めた空気を崩さないよう、それから、自分の送る視線に気付かれないよう。

彼にははっきりと完成形が見えているのだろう、その黒い石の中にある形を摑むように撫でる手のやさしい動きや、工具を握る力強い手のひら、器用に動く指先。

それから手元を見つめる田嶋の真剣な瞳にも、思わず目を奪われる。

（かっこいい、なぁ）

指示がないときは、田嶋が気付かないのをいいことにそっと近づいて、その姿をただ見ていた。彼の佇《たたず》まいも、作品にかける情熱も眩しくて、日吉の眼差しは憧れを含んだ。

（でもやっぱり、触りたい、って思っちゃう）

そんな慣れない欲望が身体のどこか深いところから湧いてくるのが苦しくて、日吉は胸を片手で押さえた。

日吉がここに来て今日で一週間がたち、コーヒーショップで田嶋用の長いオプションつき注文をするのにも慣れてきた。田嶋から怒鳴られる回数もすっかり減った。田嶋の容赦のない言葉にもめげずにいたら、「頭の回転は遅いが根性はあるな」と、褒められているのか貶《けな》されているのかわからないお言葉もいただいた。

そうして彼が向き合っている作品は、素人目にはもう完成しているようにしか見えないものになっていた。きっと今は、本人にしかわからない微妙な調整を繰り返している。石の表面を滑らかにするための耐水ペーパーの目が、どんどん細かくなっていることからもそれは明らかだった。日吉はそろそろ、自分の役目が終わる気がしていた。

触りたい、という欲求を初めて感じた人間だ。記念として目に焼きつけておこうと、その日の日吉はいつもよりさらにじっくりと田嶋のことを見ていた。

（記念だなぁ。おれの、初めて記念？）

今日は朝から灰色の雲が空を覆っていて、いつも光に溢れていたアトリエの中は薄暗かった。だから彫りが深い田嶋の目元は完全に影になって、彼の視線がこちらに向いていたことに、日吉は気がつかなかった。

「……ヒヨコ」

ふいに低い声で呼ばれて、日吉はびくりと肩を跳ねさせた。ここ数日は作業中、田嶋から話しかけられる言葉は道具の名前くらいのものだったのだ。

「見つめられすぎて、穴が空きそうな気分なんだが」

「え？」

「飽きないのか？」

汗に濡れた前髪を片手で払いながら、田嶋がゆっくりと、顔を上げて言った。真意の読めない瞳がこちらを見ていることに気付き、日吉はとまどった声を出してから、ぱっと俯いた。

（バレてた……？）

数日間ずっと見つめていたことに、気付かれていた。そう思うとどうしても恥ずかしくて、もう顔が上げられない。変な意味を含んだ視線ではないにしろ、同性からじっと見つめられ続けるなんて、田嶋からするときっと気持ちが悪いことだ。

（ど、どうしよう、どうしようっ）

なにか言い訳をしようと思っても、うまい言葉が出てこない。田嶋が立ち上がり近づいてくるのがわかって、動揺で頭が真っ白になってしまう。

視界には自分の両足――そこに田嶋の長い影の先がかかったのを見たとき、思考回路が爆発した。日吉はばっとその場にしゃがみこんで、頭を抱えた。

「ごっ、ごめんなさ……、ずっと見てて、ごめんなさい！」

「いや……邪魔しなきゃいくらでも見てもらってかまわない。ただ……」

頭上でふぅ、と息を吐く音がする。言葉の続きが気になって、日吉は思わず顔を上げた。焦りで滲んだ涙が膜になって、視界がゆらゆらと揺れている。その中に、ふっと口の端を上げた田嶋が見えた瞬間、心臓が一際大きく跳ねた。

「最初は気のせいかと思ったが、ずいぶんしつこいし、あまりに熱っぽすぎるからおかしいと思った」

「え……？」

じっと見下ろしてくる田嶋の瞳がどこか寂しそうに感じて、一度視線が絡んでしまってからは離せなくなった。

「おまえ、なにを企んでる？　言えよ」

低い声で言われる。気持ち悪がられているのではなかった。その代わりに、なぜかなにかを疑われている。けれど、日吉には一体なんのことなのかすらわからない。

「……言えないのか」

顔を歪めた田嶋の視線が自分の言葉を待っているのがわかって、日吉はからからになった喉から声を絞り出した。

「おっ、おれ、なにも企んでなんか。ほんと、ただ見ていたかったから、としか……」

本心だった。でも恥ずかしさに日吉の火照った頬の熱は消えず、瞳は知らずにとろりと潤んでしまう。

「なんの意味もなく、そんなにもの欲しそうな視線を送るのか、おまえは」

ふぅん、と呟いた田嶋が体勢を低くして、視線を合わせてくる。口調はどこか自嘲気味で、なにかを諦めたような悲しい響きがあった。ふっと口の端を引き上げて、「もう甘い罠にはかからない」と言う。

「え……？　わ、わぁっ」

「立て。こっちに来い」

ぐっと強く腕を摑まれ立ち上がれば、どこかに引っ張られていく。よたよたとしながらついていくと、田嶋はアトリエの壁際で足を止めた。

「文句のひとつも言わずに俺の命令に耐えてたのは評価できる。亀だが仕事は丁寧で悪くない」

「あ、ありがと、ございます」

「顔もいい。肌も綺麗だし、まぁおそらく身体も好みだろうな」

「ありが……って、え？　え？」

肩を押され、ひんやりとした石膏《せっこう》ボードの壁に背中がつく。追いやられるがまま田嶋の身体と壁に挟まれるようになって、田嶋の言葉の意味もわからず、日吉はただ瞬きを繰り返した。

「わざわざ俺の好みを調べ上げてくる辺り、以前付き合いがあった奴の差し金か。誰だ？　誰に頼まれた」

「だ、誰にって、ギャラリー展示の件なら、前に言ったとおり、ウフのオーナーのおじさん……」

「そうじゃない。こっちの話だ」

一瞬うまく判断できなかった。

田嶋が低く言いながら、日吉のたるんとしたパーカーを首までめくり上げたのだ。

腹と胸元にひやりとした空気を感じて、思わずひっと身がすくむ。

「早くぜんぶ吐いちまえよ。今なら無傷で帰してやるから」

「な、なんの話、ですか……？」

首を傾げると、彼はくっと口の端を上げて笑った。瞳は黒い絵の具で塗りつぶされたように暗く、温度がなかった。

「おまえみたいなのは三人目だが、前の奴らは見た目ばっかりでまず根性がなかった。そのくせべたべた寄ってきては媚《こび》だけひたすら売ってくる。その点ではおまえは奴らとは違うが……、結局は、同じなんだろ」

意味はわからないけれど、田嶋が、今言っていた「奴ら」にひどく絶望しているのは理解した。決めつけるように同じだと言われたのが悔しくて、日吉は首を振った。

「ち、違います、なんか、わかんないけど、おれは違いますっ」

「嘘だ。そうでなけりゃ、なんの裏もなく俺に近づくメリットがあるか？」

田嶋が目を眇《すが》めて言う。悲しそうな声だ。

びゅう、と外の風の音が強くなり、辺りがさらに薄暗くなった。

（なんだろう、これ……田嶋さんは、なにを言ってるんだろう。それに、おれ）

姫野《ひめの》やその他の同性と距離を詰められてもひとつも動揺しないのに、田嶋に息がかかるほどに顔を寄せられているこの状況に、心臓の音が速くなる。

「男が色仕掛けっていうのも変な話だけどな。俺の弱みと言える部分がそこしか思い当たらなかったんだろうな。でも俺を懐柔しようなんて無理な話なんだよ」

田嶋の眼差しにじっと瞳の奥を探られて、身体が動かなくなる。自分の反応も、田嶋の言葉も意味がわからない。

「やけに白いな。無駄な肉もついてない」

「え、あ……っ」

ふいに田嶋の大きな手のひらが、平坦な腹を擦った。驚きにびくんと肩が跳ねたのを見て、田嶋がふっと鼻で笑った気配がした。

それから胸元に上がった指先が、やわらかい仕草で日吉の色素の薄い突起に触れた瞬間、これはだめだ、と思った。

「あ、あは……っ！」

耐えられなかった。やめてください、と突っぱねたかったけれど、田嶋の道具を扱うときのような丁寧な動きがくすぐったくて、切迫した雰囲気に似合わない高い笑い声が上がってしまった。

「…………ア？」

「たっ、田嶋さん、これ、いったいなんですか？　し、身体測定ですか？　や……くっ、ふふ」

「……身体測定？　これが？」

田嶋の指先がくるりと胸元を弄《いじ》る。手のひらのサイズで、胸囲でも測っているのかと思ったのだ。肩を揺らしてなおも笑い続けていると、田嶋の動きが止まった。それから、低い声がゆっくり「もしかして」と呟く。

「待て……ヒヨコ、おまえ、本当に違うのか？」

「え？」

顔をじっと見られ、日吉はきょとんとした瞳を返した。

「おまえがここにいる理由はなんだ？」

「た、田嶋さんのお手伝い……、ギャラリーへの作品展示の交換条件、ですよね……？」

いまだ田嶋の手のひらが胸元に触れているから、こそばゆさに肩が震えてしまう。赤くなった顔を両手で隠して上擦った声で言えば、指の隙間から見えた田嶋は目を軽く見開いていた。

「誰かから……俺のこと、なにも聞いてないのか」

「田嶋さんの、こと？　ひ、姫野さんから、気難しい人とは聞きましたけど……」

「……そうか」

呟きながら田嶋が突然、身体を離した。ふわりとパーカーが元に戻り、手のひらのぬくもりも消えると、日吉はふっと脱力してしまった。壁を伝ってずるずると腰を落とし、冷たい床に尻をつける。

「なんだ、こいつ違うのか。じゃあいったいなんなんだ、まさか天然、か？」

田嶋はがしがしと雑に頭を掻《か》きながら、なにかぶつぶつと呟いている。アトリエの大きな窓がガタガタと風に揺れる音でかき消され、日吉には聞こえなかった。

「田嶋さん、なんて……？」

「なんでもない、今のことは忘れろ。今日はこれで上がりだ。この調子なら明日中には完成する」

田嶋はすたすたと出口に向かいながらそう言った。

床にへたりこんだまま見上げた広い背中越し、やっと耳に届いた田嶋の声は、もういつもの厳しい響きへと戻っていた。

そうしてその日の仕事を終え、日吉が夕食作りにキッチンに立ったときには、真っ暗になった窓の外が荒れ始めていた。びゅうびゅう、強く風が吹く音が聞こえる。

(おじさんが言ってた春の嵐、来たのかも)

雨も降り始めたかもしれない。そう思いながらも、窓の外を確認する気分にならなかった。アトリエでの出来事から今までずっと、頭がぼんやりしたままだ。

田嶋は飯ができたら呼べ、とだけ言い残して自室に入っている。だから日吉は遠慮なく、はぁ、と大きなため息を落とした。

田嶋に投げられた言葉の意味を考えると、胸が落ち着かなくなる。忘れろと言っていたけれど、できるはずがなかった。

——なんの裏もなく俺に近づくメリットがあるか？

そう言った田嶋の悲しげな声と、歪められた瞳を思い出すと切ない気分になる。

今まで田嶋に近づいてきた人間たちは、皆裏でなにかを企んでいた、ということなのだろうか。自分もそういう連中《ひとたち》の一部だと誤解されたということか。

田嶋の才能が原因だとしたら、やるせない話だと思う。

先日会った竹内という男の、田嶋への悪意を隠そうともしない瞳が頭に浮かぶ。恨まれたり、妬《ねた》まれたり、利用しようとされたり。

(そんなの、辛《つら》すぎるよ)

ひとりになり冷静になって考えて、やっと田嶋の言葉の意味がわかって寂しくなった。

(企んでなんかない、おれ)

日吉だって交換条件でここにいるけれど、田嶋の作品が好きだし、なによりも、彼を含めてアトリエが纏《まと》う空気が好きだ。今なら、なんの条件がなくても彼の手伝いをしたいとすら思う。

日吉はこの生活が始まって二回目のカレーの材料を切りながら、ちいさく首を傾げた。

(でも、さっきのは、なんだったんだろ……)

包丁をまな板の上に置き、田嶋に触れられた胸元にそっと手を当てた。

肌をゆっくりと滑るように触れていった指先の意味は、日吉には到底わからなかった。

（胸を触る意味……身体測定以外だと……いや、まさかね）

ひとつの仮説が頭に浮かんだけれど、そんなはずはないと思った。日吉には遠すぎて、未知の世界だった。

恋愛経験はあるけれど、基本的にいつも受け身だし、日吉はその手の話題に疎かった。欲がすくないというのも関係しているのだろう。

成人前に童貞こそ捨てたが、姉の友人に「悠也くん、かわいいね」と無理に迫られ、なし崩し的に捨てた——もとい、奪われたのだ。かわいいばっかりで、しばらくおもちゃのように扱われ、飽きられ、ぽいっと捨てられた。元々彼女に抱いていた日吉のほのかな恋心は粉々に打ち砕かれた。しばらくは恋愛はいいかな、という気分になってしまって今に至る。日吉のふわりとした中性的な外見は女性に好かれる種類のものらしく、ギャラリーの来廊者からアドレスを書いた紙を渡されることもある。けれど、連絡する勇気はなかった。

はぁ、と二度目の吐息を落としたとき、カレーが煮えた。

味見をしてみると、考えごとをしながら上の空で作ったわりに、妙においしくできていた。いつもは失敗を恐れ、真剣に作りすぎていたのかもしれない。考えすぎはよくないんだな、と頷いて、日吉は田嶋の部屋のドアをノックしにリビングを出た。なるべく静かに廊下を歩いたつもりだったのだけれど、とたとたと田嶋のドアに近づいたとき、中から「飯か？」と低い声がした。

「……すぐ行くから、先に食ってろ」

「あ、はいっ」

わかりました、と言って、日吉はリビングに戻り、テーブルに着いて田嶋を待つ。

田嶋はいつもこうだった。彼の部屋の内部はおろか、ドアが開いたところすら見たことがない。昨日まではなにも考えずにリビングに戻っていたけれど、今夜はなんとなくそんなことも気になって、胸がそわそわした。

外では大粒の雨が降り始め、ざぁざぁと水滴が地面を叩く音が部屋に響いている。

しばらくしてリビングに現れた田嶋の態度は驚くほどいつもどおりだったから、日吉はほっとして、すぐに調子を取り戻せた。

「このカレー、前回より美味いな」

「あ、ですよね、やっぱり！」

田嶋の言葉がうれしくて、思わず声のトーンを上げる。

「よかった。隠し味忘れちゃったんで、もしかしたらまずいかなって思ったんですけど」

「ア？　なに？」

「あの、隠し味……」

「なんだそれは、なにを入れてたんだ」

「え、えと、田嶋さんが甘いもの好きだからと思って、冷蔵庫にたくさんあったチョコレートとか……」

「どのくらい入れた」

「板一枚ぜんぶです」

ちょっと得意げに言うと、半笑いで呆れた眼差しが返される。ぼそりと聞こえた「馬鹿だ」という呟きに唇を尖《とが》らせれば、ふっと目を細めた田嶋と視線が合ってしまった。

「ほんのひとかけらでいいんだ、そういうときは」

「え、そうなんですか？　知らなかった、入れれば入れるほどいいのかなって思ってた……。あ、メモしよう」

ポケットからメモ帳を取り出す。ここ数日で、すっかりメモを取る癖がついた。田嶋から与えられる新しい知識は楽しくて、ひとつも逃したくなかった。

「よしっ」

ちまちまとへたくそにペンを動かし、満足した顔を上げると田嶋はまだこちらを見ていた。けれど、あ、と思ったときにはもう、田嶋は視線を外していた。露骨なくらいの速さだった。

夕飯の片付けを終え帰宅する時間になった。リビングの窓の外を窺っていた田嶋が、キッチンにいる日吉に向かい首を振った。

「だめだな。雨が激しすぎる」

えっ、と声を上げながら田嶋の横に駆け寄り外を見ると、確かに、視界が真っ白になるほどの土砂降りになっていた。

「うわぁ、いつの間に……」

叔父の言葉を信じて折り畳み傘を持ってきてよかった、と考えていると、田嶋がぼそりと言った。

「泊まっていけよ」

「え？」

騒々しい雨音でかき消されるくらいの小声だったたし、内容も内容だったので、思わず聞き返してしまった。

「泊まっていけって言ってる」

「え、えぇっ、いいんですか？」

聞き間違いではなかった。驚いて目を見開けば、田嶋はチッと舌打ちした。

「坂道で転んで怪我されると困るからな。こっちだ、来い」

「あっ、はい！」

素早く歩く田嶋の後をついて、廊下に出る。奥にふたつドアがあり、向かって左が田嶋の部屋だ。右側のドアを指差し、田嶋が素っ気無く言う。

「今晩はここで寝ろ」

「あ、ありがとうございます」

目の前の広い背中を見ながら、普段と違う状況にそわそわしてしまう。人の家に宿泊するなんて、何年ぶりだろうか。意味もなく辺りを見回していると、田嶋がすこし離れたドアを指差して口を開いた。

「風呂はそこだ。そろそろ沸くから先に入れ」

「えっ、田嶋さんが先に入ってください」

「いいから荷物を片付けて風呂入ってさっさと寝ろ。いいな」

有無を言わさずそう告げた田嶋はすぐに日吉に背中を向け、すたすたとリビングに戻っていってしまった。仕方なく、その背中にぺこりとお辞儀してから「ありがとうございます、おやすみなさい」と呟いた。

田嶋が無愛想なのはいつものことだが、なおいっそう事務的な態度な気がする。田嶋と仲良くお泊まり会、なんて思っていたわけではないけれど、日吉はなんとなく寂しく感じた。

「お、おじゃまします」

今晩、世話になる部屋。台座の形がレトロな真鍮《しんちゅう》のノブをひねり中に入れば、まず正面の大きな窓が目に飛び込んできた。

（わ、広い）

九畳ほどの室内。窓には透け感のある白いストライプのカーテンがかかっている。壁紙はこっくりとしたアイボリー。家具はベッドとチェスト、ちいさなカフェテーブルのみだけれど、白を基調としたアンティーク調のそれらが絶妙な配置で収まっていた。

（すっごい、かわいい部屋だ……）

リビングや廊下のインテリアはほぼ黒と白で、シックなイメージだったのだ。それもかっこいいと思ったけれど、こういうやさしい色使いもいいな、と日吉は目を細めた。

意外なのはカラーリングもあるけれど、この部屋の存在自体もそうだ。日吉は白いベッドのヘッドボードを撫でながら、ぽつりと囁いた。

「君たち、ほぼ新品だねぇ」

田嶋が大切に使っているものとは違う、まだ余所余所《よそよそ》しい気配がある。誰かが住んでいた様子もないし、こういう緊急時用の客室なのだろうか。

カーテンを引くと、大きな窓の外に木々が揺らめいて見える。今は雨で荒れているけれど、きっと晴れた日に見たら綺麗なんだろうな、と目を細めたところで、窓の前にちいさな石でできた置物を見つけた。

「あ、これ、田嶋さんが作ったのかな……？　鳥、かな」

そっと手に取ってから、田嶋の彫ったものだろうと確信する。抽象的な、丸みを帯びた鳥の像。手のひらの上で転がる、つるりとした灰色の肌に、ちいさいながらも確かな鼓動を感じた。

どっしりとした大人の雰囲気の彼は部屋を守ってくれる気がする。日吉はそれを窓の前に戻すと「一晩だけど、よろしくね」と微笑みかけた。

その後は叔父に「嵐で帰れそうにないから泊まらせてもらうことになったよ」と連絡をして、主《あるじ》より先に入っていいものかとドキドキしながらも、田嶋の言葉に甘えて風呂に入らせてもらった。

叔父のマンションではだいたいいつもシャワーだけで済ませるから、こうしてゆっくりと湯に浸かるのは久しぶりだった。広いバスタブで手足を伸ばしながら、激しさが増すばかりの雨音に耳を傾ける。

「うわ、すっごい音だねぇ」

バスルームの中の『もの』たちに、ぽつりと問いかけてみる。狭い空間に響く雨音に混じり、彼らもざわめいている気がした。日吉の胸もざわざわとして、いまだ落ち着かないままだ。

部屋に戻り、真新しいにおいのするシーツに包まる。余所余所しいながらもあたたかい気配があるのは、窓際の鳥の像のおかげかもしれない。

去る気配のない嵐が窓の外で暴れる音を聞きながら、日吉はふぅ、と吐息を漏らした。

(眠れない)

最近は目を閉じればすぐに夢の中だった。けれど今は、ごろごろと寝返りを何度打っても睡魔は訪れない。とはいえ元から寝つきは悪いので、ここ数日が特殊だったのだけれど。

(田嶋さん、寝てるかな)

なんとなく、田嶋の部屋の方を見つめる。ドアが開いたところすら見たことのない部屋。その壁の向こうにはなにがあるのだろう。

アシスタントを始めて一週間、いつだって田嶋と自分の間には、目には見えない透明な壁があるような気がしていた。怒鳴られずに仕事ができるようになっても、じっと見つめていても、その壁が崩れることはなかった。

(すごい音。ほんとに、春の嵐だ)

強風に外の木々が煽《あお》られ、揺れる葉が部屋の大きな窓を叩く。薄いストライプの白いカーテンが、それらのシルエットを映して何度も模様を替えるのをぼんやりと見ていた。

怖いなぁ、とひとりごち、窓を背にしてころりと体勢を変えた。そうして、雷が落ちる音をどこか遠くで聞いたときだった。

パリン――。

あまりにも、軽い音だった。

だから一瞬、日吉はなにが起きたのか理解できなかった。

カーテンがぶわりと大きくはためいて、強い風と共に雨水が入り込む音。

「わぁ！」

びっくりして振り返ったところで冷たい水がぴたぴたと頬に触れ、やっと理解した。

おそらく強風で外の木の枝が折れ、窓を突き破ったのだろう。ベッドが窓から離れた場所にあってよかった。

「う、うわ……、ど、どうなっちゃってるんだろ」

部屋は月明かりのみで薄暗く、様子がわからなかった。とりあえず電気をつけようと、右脚を布団から出して立ち上がろうとした、そのとき。

「ヒヨコ、大丈夫か⁉」

田嶋のよく通る声がして、びくりと日吉の動きが止まった。

「あ……っ」

ぱっと部屋の明かりがつき、今まさに片足を下ろそうとしていた床に散った窓ガラスが光っているのが見えた。瞬間、ぞわっと全身が粟立つ。勢いのまま素足で踏みつけていたら、今ごろ――。考えるだけで眩暈《めまい》がした。

「あ、あぶなかったんだ……、おれ……」

ぶるっと身震いをひとつして、青い顔でベッドの上に戻る。身体がちいさく震えてしまうのは寒さもあるけれど、きっと恐怖だ。

「よかった、無事か。ヒヨコ、そのまま動かないでじっとしてろ」

「えっ？」

パキ、という音に顔を向けると、飛散したガラスを踏みつけこちらに近づく田嶋の姿が見えて、さらに青くなった。

「たっ、田嶋さん！　危ないよ！」

「俺はスリッパを履いてる。それよりおまえがそのままじゃ危ないし、濡れるだろうが」

「わ……！」

ベッドサイドに立った田嶋の腕がぐんと伸びてきて、腰を強く支えられた。驚く間もなく引き寄せられ、田嶋の胸に顔を当てる体勢になってしまう。

「つや、や、い、いいです、自分で」

「いいから大人しくしてろ」

「わぁ……っ」

足の下に手が差し込まれ、力強い腕に持ち上げられる。ふわりと浮いた感覚が怖くて、咄《とっ》嗟《さ》に田嶋の肩に縋ってしまった。

普段の自分なら、恥ずかしくてとてもじゃないけれど耐えられなかっただろう。ただ、今はひどく心細くて、人の体温が恋しかったのかもしれない。

（すごい……、力持ちだなぁ）

自分とはまったく違う、厚みのある上半身。鼻先に甘い香りがする。どこかで嗅《か》いだことのある、ほっとするにおい。なにかな、と考えながら、日吉はしばらくの間、瞼《まぶた》を閉じていた。

そのままドアの外に出て、脱衣所の前ですとんと身体を下ろされたときには、不思議なことに全身の震えは消えていた。

「あ、ありがとう、ございました。おれ、重くなかったですか……？」

「軽すぎるくらいだろ、もっと食え。……それより、まずはタオルと着替えだな」

すぐに身を引いた田嶋が、視線を逸《そ》らしながら言う。着替え、と言われて自分の身体を見てみると、思ったよりもベッドの上にまで雨が吹きつけたらしく、着衣がしっとりと濡れていた。

タオルと着替えのシャツを出してもらったので、それに着替えてから田嶋がいるリビングに向かった。

「水に濡れたヒヨコって、そのまんま、こんな感じだろうな」

湿り気を含んで、とろりとしたはちみつ色に光る癖っ毛を指差し、田嶋がぼそりとそんなことを言っていた。

まだ嵐は去らず、部屋には風の吹きつける音が響いている。リビングのソファに腰を下ろし、ちらりと時計を見れば、針は午前二時を指していた。

「飲め。冷えただろうから」

「わ、ありがとうございます。あ、ココアだ」

テーブルの上にカップが置かれると、カカオの甘い香りが辺りを包んだ。さっき田嶋に抱き上げられたとき、甘い香りがしたのはこれか、と気付く。田嶋がひとり部屋でココアを飲んでいるのを想像すると、ちょっと面白い。

それからあつあつのカップを両手で摑み、そっと傾けた。口に広がるやさしい甘さに頬がほころぶ。おいしいです、と呟くと、田嶋は窓の方を見たまま頷いていた。

「あの……、田嶋さんは座らないんですか」

ソファからすこし離れた場所に立っている田嶋に声をかけると、彼はちいさく「いい」と言った。

こんな深夜に田嶋とふたりになるのは初めてだ。だからなのか、いつもは気にならない沈黙がすこし重い。

日吉はココアを飲みながら、ちらりと田嶋を見上げた。いつもの白シャツにジーンズではなく、黒いTシャツにスウェットパンツという格好が新鮮に映る。

「なんだ」

「え、えと、なんでもないです」

そうしてまた静かになりかけたとき、田嶋が「そういえば」と言った。

「おまえ、どこも怪我はなかったか？」

「おれは平気です、ありがとうございました。あ、けど、部屋の中のもの、大丈夫かな」

「着替えている間に、とりあえずおまえの荷物だけは移動させておいたが」

「わ、ありがとうございます……っ」

礼を言いながら、ふいに頭に浮かんだものがあった。窓の前に置いてあった彼のことだ。

「とっ、鳥さん！」

「……鳥？」

「あの、田嶋さんの作品だと思うんですけど、窓のとこに、鳥さんがありましたよね！　あの、灰色でころんとしてる」

「あぁ、そういえば置いておいたかな。かなり昔に作ったもんだが……それがどうした」

日吉はいてもたってもいられず、ソファから立ち上がった。雨に打たれ、ガラスの破片にまみれたそれを想像すると、胸がずきんと痛む。

突然立ち上がったせいか、ん、と首を傾げた田嶋が目の端に入った。日吉ははっとして、落ち着こうと息をちいさく吐いた。

「あのっ、おれ、取ってきますね。あの鳥さん、好きだから」

「もうすこし風が落ち着くまで待て。石だし、あれくらいじゃ割れやしない」

「でも、その、雨に濡れたら、鳥さんが寒いかなって思って……っ」

「……ん？」

はっ、と口を塞《ふさ》いだのもまずかった。田嶋が不思議そうな視線をこちらに向けている。変なことを言ってしまった。きっとおかしな奴だと思われた。

どうしよう――、そう思って、ぎゅっと瞼を閉じた瞬間、田嶋の声がした。

「わかった」

「え？」

「取ってくる。待ってろ」

スリッパの足音が遠ざかり、部屋に雨音だけが響く。日吉がぽかんとしていると、しばらくして田嶋が鳥の像を手にして戻ってきた。

「ほら。ちょうどカーテンの下になって濡れてなかった」

「わ、ありがとうございます」

ころんとした鳥の形をした石が、手のひらに落とされる。田嶋の手の体温に馴染んだそれはあたたかくて、どこも欠けていなかった。

「怪我しなくてよかったぁ。おまえ、窓際にいたのに運いい……、」

石が無事だったことにほっとして、気が抜けていたらしい。思わず、手の中の「もの」に語りかけながら微笑んでしまった。はっとして口を噤《つぐ》んだけれど、もう遅かった。

なにも言えずにいると、傍に立っている田嶋が呟いた。

「ヒヨコ」

声がすぐ近くで聞こえて、びくんと肩が揺れてしまう。思いのほかやさしい響きだった。

「その……ちょっと前から思ってたんだが、その、なんだ」

けれどやはり、変に思われたんだろう。あの田嶋が、言葉を選んでいるのがわかる。目を開けたら田嶋もあのときの両親みたいな、可哀想な子を見るような悲しい瞳をしているかもしれないと思うと、もう瞼は動かない。言葉の続きも聞きたくなかった。身体を硬くして、耳も塞ごうとしたとき。田嶋の低い声がぽつり、激しい雨音の中にやわらかくとけた。

「おまえが……、ものに対して語りかけてるのは、そういうことなのか」

「……え？」

「いや、たまにおまえ、石とか椅子とかなんかを、生きものみたいに扱ってるだろ。あれはなんなんだ、と気になってたんだが、聞きそびれてた」

思わず顔を上げれば、こちらを見る田嶋の瞳からは哀れみでもなく、好奇からの興味でもなく——なぜか、あたたかいものを感じた。

「おまえ、ものが……、生きているように感じるのか？」

驚くほど核心を突く質問だった。

観念してちいさく頷けば、「そうか」と田嶋も頷いた。

それからはソファに並んで座り、収まり始めた雨の音を聞きながらぽつりぽつりと話をした。

「それは、いつからなんだ」

「え、えっと、あの、気付いたらそう感じるようになってました」

「ふぅん」

「でも子供のころって、誰でもそうらしいんですよ。ぬいぐるみとかを、生きてるみたいに扱う子供っているでしょ。腕を踏んだら可哀想、痛そうだなって感じる、そういうの」

子供のころ、日吉は壊れてしまったロボットの腕を見て、本当に友達が怪我をしてしまったかのように泣いていた。小学校に上がるまではそれが普通だと思っていた。他の子供も自分と同じように見えているとばかり。

自分が他の子と違うと理解したのは、両親に連れられメンタル系の専門機関を受診したあの日だった。

「それ、以前本で読んだことがあるな。汎心論《はんしんろん》……アニミズムってやつだ。存在するすべてのものに、霊的な存在が宿っているとする考え、だったか。原始社会で、人間がとても及ばない自然の力を恐れたのが日本のアニミズム信仰の始まりだって聞いたな」

難しい言葉を話す田嶋を横目でちらりと見上げて、日吉は肩をすくめた。

「よ、よくわかんないですけど。おれのは、子供の感覚と同じだと思うんです。昔はもっと範囲が広かったみたいだけど、今は主に、生きものの形をしたものに感じることが多くて、どちらかというと擬人化、みたいな？　普通はそういうの、小学生になる前になくなるらしいんですけど……」

「おまえは、なぜかそのまま、ってわけか」

こくりと頷いて、改めて考えた。田嶋は、自分をおかしいと思わないのだろうか。

「あの、田嶋さん。かなり普通に話してますけど、おれのこと、不思議くんとか、電波とかって思わないんですか……？」

テーブルに置いた鳥の像を、つんと指先で突《つつ》く。くすぐったいと、笑っている気がする。だこういう感覚を、学生時代に何度か、心を許した友人に思い切って話したことがある。だいたい爆笑と共に「ヒヨコはこれだから」とか「さすが元祖不思議くん」などと言われて本気に取ってもらえない。当然かもしれないけれど。それから怖くなって、誰にも言ったことはなかった。

叔父以外の前では、感覚自体も極力閉ざすようにしていた。

答えを待つ日吉の瞳が、怯《おび》えを含んで揺れているのに気付いたのかもしれない。大丈夫だと伝えようとするみたいに、田嶋の声が聞いたこともないくらいにやさしく響いた。

「……別に思わない。俺も自分の作品には魂を込めているつもりだし、そういう考えは嫌いじゃない。それに……それってようは青い猫型ロボットに魂があるかないか、みたいな話だろ。だとしたら俺も、ないとは言い切れないな」

もしかしたら、今のは田嶋なりのジョークだったのかもしれない。けれど、考えを否定されなかった感動がぶわっと溢れて、突っ込むこともできなかった。

「ほ……ほんと、に？」

「ああ」

うれしい。叔父以外にも、自分をわかってくれる人がいるなんて。

「第一、おまえをアシに採用した理由はそれだ」

きょとんと目を丸くする日吉を見て、田嶋はまた、ふっと笑う。

「石材を絶対に踏まないだろ、おまえ。入り口辺りに適当に転がしてる細長いやつなんかは、今までのアシは全員踏んでいった。あるときそれに気付いて、簡単なアシの採用基準にしてたんだ。一種の踏み絵みたいなもんか」

「えええ……」

まったくの無意識だった。ただ日吉にとってアトリエにある加工前の石たちはすべて、田嶋に手を加えられる順番待ちをしている、じっと孵化《ふか》を待つたまごのように見えていた。生きている。だから、踏むなんてことはありえなかったのだ。

「不器用だが道具に触る手つきが丁寧で、いい。ものを大切にして見えたのは、そういうことだったんだな」

しみじみと言われて、うれしさで胸が熱くなる。

「もっ、ものを大切にしてるのは、田嶋さんこそ、だし！　おれも、そういうのすっごくいいなぁって！　田嶋さんに飽きずに大事に使われてるものたちが、羨ましいなって、おもっ、て……」

勢いに任せて言いながら、途中でとんでもなく恥ずかしいことを口走っていると気付いた。

後半は失速して、もごもごと唇を動かすだけになった。

本当の、自分の根っこの部分を受け入れてもらえた気がして、思わず浮かれていたらしい。

(待て、なに言ってんの、おれ。羨ましいって、なに)

きゅっと口を結んで、おそるおそる、田嶋の顔を盗み見る。目が合った瞬間、田嶋はため息を吐いた。

「どういうつもりか聞きたいが……、最初から、どういうつもりでもないんだったよな、おまえは」

「えっ?」

「というか、さっきので身の危険を感じなかったのか?」

「さっきの、って?」

「アトリエでの……身体検査か」

そう言った田嶋の口元は、また自嘲したように歪められていた。その表情を見るたび、意味もわからず寂しくなる。眉を下げて見つめていると、田嶋はぷっと吹き出して笑った。

「ヒヨコ、おまえって、ほんっとうになにも考えてないんだな」

「そ、それ、ひどい」

「この場合は褒めてんだ。おまえみたいな奴が俺を籠絡《ろうらく》しようなんて思うはずなかったな」

「ろ、ろうらく?」

「まぁとにかく、おまえみたいなのはまれなんだよ。それくらい、表面だけはいい顔して、腹の中でなに考えてんだかわかんないような奴が多すぎるんだ、この業界は」

クソ、と吐き捨て、まっすぐに前を見た田嶋の黒い瞳は、いったいこの世界のどんな汚いものを映してきたのだろう。田嶋の作品から感じる切なさは、そのせいでもあるのだろうか。だとしたら、とても悲しい。

「お、おれ、ただの受付バイトだから、あんまりディープな部分は見たことなくて」

「見なくていい。見る必要なんてない。特に頭のよさそうな大人には気をつけろ。まともなのももちろんいるが、半数が芸術を食いものにする金のことしか考えてない人間だ」

日吉からすると、まさに田嶋こそが頭のよさそうな大人なのだけれど。確か田嶋は二十六歳だと聞いたけれど、自分との間には六歳差以上のものを感じる。それは経験だったり、知識だったり……きっとそういったものの一年分のページの厚さが、日吉とは違うのだろう。

「な、なるほど。そっか」

着替えるとき、一応メモ帳を持ってきてよかった。そう思いながらポケットに忍ばせたちいさなメモ帳とペンを取り出し、頭のよさそうな大人に注意、と書いた。

「なんでも書きとめてるんだな」

「はい。だって田嶋さんの言うことって、勉強になるから」

「俺が嘘を教えていたらどうするんだ。俺こそがおまえを騙す悪い大人だったらどうする？

たった今教えたばかりだろ」

えっ、と見上げたところで目が合った。田嶋は意地悪そうに口角を上げているけれど、視線は厳しさが和らいで、いつもよりやさしかった。

ぼんやりとしたリビングの明かりのせいでそう見えるのか、それとも、田嶋の作っていた壁がわずかでもとけたのか。わからないけれど、日吉にはそれがうれしかった。

「田嶋さんは、悪い大人じゃないですよ。だっておれのこと、変な奴扱いしないで、ちゃんと認めてくれたから」

ちらりとテーブルの上の鳥を見る。確かに感じる、あたたかな鼓動。

田嶋へ視線を戻し、へへ、と笑いかければ、田島は「おまえな」と呆れた顔をしていた。

「もう面倒だから、一応言っておくが」

はい、と日吉は首を縦に振って、田嶋の言葉の続きを待った。親鳥から渡される餌を待つ、まだなにも知らない雛鳥《ひなどり》のような顔をして。

「俺はゲイだ」

「へ……」

「だから、そういうことをそんな顔で言われると、俺は口説かれているのかと勘違いする。気をつけろ」

ヒヨコ、と呼ばれながら唇を突かれて——。なぜか真っ青ではなく、真っ赤になった日吉の顔を見て、田嶋が大きな口を開けて笑った。

次の日は、昨夜の嵐が嘘のように晴れ上がった。

あのあと日吉は、リビングに予備の布団を敷いてもらって寝た。しばらく寝つけずにいたけれど、さすがに色々あって疲れたのか、気がつくと朝になっていた。

空がオレンジ色に染まった夕方、無事に完成した田嶋の作品を、さっそくギャラリーまで搬入した。

黒い大理石でできた五十センチほどのそれは二百キロと、なかなかの重さがある。叔父が運転する大きな四トントラックで慎重に運び、クレーンで台車の上にゆっくり下ろす瞬間は、横で見ているだけしかできない日吉も思わず息を呑む緊張感があった。

「部屋に入ったときに、まず明るい光の方に目が行くようにしたい」

「そうだね。昼は自然光を利用して、夜は右側のライトの数を増やして……」

叔父はギャラリーオーナーの傍《かたわ》ら、展示会を企画・プロデュースするキュレーターという仕事もしている。今は田嶋に作品のテーマについて聞きながら、効果的な空間レイアウトを模索しているところだった。

ギャラリー・ウフのギャラリースペースは大小四つのフロアに分かれていて、半分は白の壁、もう半分は黒の壁に覆われている。田嶋の作品の色に合わせ、白いフロアを使うことにしたようだ。壁の半分は全面ガラスブロックで作られていて、今の時間は外の明るい日差しが降り注いでいる。

しばらくして、すべての準備が整った。ぼんやりと立ち尽くしていた日吉に向かい、叔父が笑顔で手招きしてくれた。ゆっくりと部屋に入った瞬間、日吉はこくりと喉を鳴らした。

ぱっと目に飛び込んでくる、片側から差す光は、子供の母親だろう。それをとまどいながら追う、子供の丸い指先が胸を締めつけた。昼下がり、実際にその場面に出くわした気分だ。

黒大理石の表面の滑らかさが、自然光によってよりやわらかく見える。肌の中に脈があるとしか思えない、生々しさだった。

それは確かに田嶋と出会った初日に彼が彫っていた、「とまどい」という子供の手を象《かたど》った作品なのだけれど、置かれる空間によって、こうも違うのか。アトリエのやさしい空気に、作品の持つ切なさが中和されていたらしい。

「どう思う?」

「田嶋さん……」

言葉をなくしていた日吉の横に、いつもの白シャツにジャケットを羽織った田嶋が並んだ。ボトムスはデニムではなく、黒のスキニーパンツになっている。

見上げた先、まっすぐ作品を見る田嶋の凜々しい横顔は満足げで、うれしくなった。日吉も前を見て、口を開いた。

「あの、あの子の、手を取ってあげたいって思いました。ぎゅっと握って、もう放さないよ、って言ってあげたいなって……」

「ふぅん」

「あ」

つい、思ったことをそのまま言ってしまった。知識もなにもないのに、生意気だったかもしれない。

「ご、ごめんなさい、あの、おれ、まだ勉強中で……、専門的なこととか、全然わからなくて、間違ったこと言ったかも」

「いや、ヒヨコらしいなと思っただけだ」

ふ、と笑われた気配がして、顔がかぁっと熱くなった。

「半端な知識を持った奴にわかったような口利かれるより全然いい。だいたい芸術は見る人間によって姿を変えるもんだし、正解なんてないんだ」

「そ、そっか……」

よかった、とちいさく呟いて、もう一度、田嶋の作品を見た。

切ないけれど、あたたかい鼓動を感じるそれに、微笑みながらも泣きそうになった。田嶋はきっと、人間の汚さに悲観しながらも手を伸ばして、光を、救いを求めている。勝手に、そんな気がして。

ぐすりと鼻をすすれば、田嶋が面白そうに顔を覗き込んでくる。

「おまえ、泣いてるのか？」

「や……ちが、いや、あの、そんなにガン見しないで……」

「いや待て、人間のこういう瞬間は貴重なんだ」

「や、いやです！」

見せろ、嫌だとふたりで攻防を繰り返していると、背後からくすくすと高めの笑い声がした。近くにいると思っていた叔父は姿を消していたし、誰だ？　と思って振り向くと、ちいさく手を叩く細身の男が立っていた。

「見事だね～。さすが、ギャラリー・ウフの期待の新星」

歌うように話す声の持ち主は、姫野だった。日吉が目を見開くと、彼はすぐにその横にぴょんと駆け寄ってきた。

「姫野さん！　お久しぶりですっ」

「ヒヨコちゃん、久しぶり！　織斗《おりと》も～」

さらりとした茶髪を揺らし、こちらに笑顔で近づく姫野は相変わらずの美人だ。なんとなくとなりに立つ田嶋の顔を見上げれば、彼は眉根を寄せて複雑な表情を浮かべている。

「田嶋さん？」

「いや……。姫野、本当に久しぶりだな」

「だねー、前に銀座《ぎんざ》の展示会で会って以来だから、一年ぶりとかじゃないの？　相変わらず無駄にイケメンだね、織斗」

「おまえこそ相変わらず綺麗だな、顔だけは」

一歩前に出て、早口で皮肉っぽく言う田嶋の態度は見慣れないものだ。付き合いが長いというのは本当らしい。

「いいじゃん、インサイド・クズ同士また仲良くしようよ～。織斗の噂はこっち界隈でも聞いてるんだよねぇ、すっかり落ち着いて、全然顔出さなくなったって……」

姫野がシニカルな笑みを浮かべて言うと、田嶋は「おい」と低い声でそれを遮った。

「こんな場所でその話はないだろ。もう俺はやめたんだそういうのは」

「うそっ、織斗がぁ？　つまんない！　マジなの？」

苦笑いのあと、田嶋は「マジだ」と呟く。もうこの話はおしまい、とちいさく手を振って、顔を上げた田嶋はいつもの厳しい顔に戻っていた。

「そんなことより、先日おまえの個展のＤＭ見たが、あのデザインはどこに頼んだ？　ずいぶんレベルが上がったなと思って見てたんだ」

「ああ、あれいいでしょ？　ここのオーナーが紹介してくれたデザイナーでさ。今回はプロデュース自体もオーナーに全面的に任せてるんだけど、彼はかなりセンスいいよ。織斗も今日で実感したと思うけど、作り出す空間の生々しさが半端ないっていうのかな。やっぱりこれからの時代のキュレーターっていうのは彼みたいにさ――」

そうして、まったくついていけない話題で盛り上がるふたりを余所に、日吉はすっかり居場所がなくなってしまった。

(でも、こんなの、いつものことなのに。おじさんと姫野さんだって、おれのわからない話をいつもいっぱいしてるのに)

いつもの日吉は、知らない話でもにこにこと聞いていられた。アートの世界って面白いなぁ、とわからないなりに楽しく感じることもあったし、真面目な話のときは一緒になって難しい顔をすることもあった。

(なんでだろう、やだな……)

でも今日は、なぜかうまく笑えない。味わったことのない疎外感が胸の奥から溢れて、切なくて苦しい。

田嶋の作業を見ているときとはまた違う、嫌な息苦しさだった。胸を押さえて、何歩か下がった。ふたりをすこし離れたところから見ていたら、さらに苦しくなる。

相変わらずすらりとしたスタイルで、ユニセックスな容姿の姫野。横に立つ田嶋は男らしい体躯《たいく》で、ラフな雰囲気がありながらも洗練された雰囲気がある。なんだか、ひどく画になるふたりだ。

すっごくお似合いだと思ってすぐに、いやいや男同士、と脳内で訂正する。

(あ。でもそうだ、田嶋さん、俺はゲイだ、って……)

日吉がそれを思い出して息を呑んだとき、姫野の瞳が動いてこちらに向いた。どき、と心臓が跳ねる。すこし距離を置いている日吉を見つけた彼は細めの眉を下げて、ひょいと肩をすくめた。

「あ〜、ヒヨコちゃんごめんね。つまんない話だったよね」

「えっ？ あ、いや、おれは気にせず、続けてください！」

気を遣わせてしまった。日吉はぶんぶん両手を振ってあとずさったけれど、姫野が軽い動きで追いかけてくる。

「いいんだよ、俺はヒヨコちゃんと話したい〜。織斗とは昔飽きるほど話したし、もういまさらだから。ねぇ？」

姫野は日吉の腰に腕を回しながら、田嶋に向かい首を傾げた。水を向けられた田嶋はちいさく息を落として、「まぁな」と呟く。

なんだろう、このふたりの雰囲気は。やっぱり、なんだか——。

ごくり、と日吉の喉が鳴る。

「……あの、ふたりは、もしかして、こっ、恋人同士だったりしたんですか……？」

うっかり、口が勝手に動いてしまった。

田嶋と姫野は顔を見合わせて——それからあっさりと、同時に頷いた。


「あのな、恋人っつってももちろん過去形だぞ。俺の人生最初にして最大の過ちだ」

「ひどくない？　それ、こっちの台詞でもあるんだけど」

目の前で繰り広げられる勢いのあるやり取りは、まるで漫才のように息が合っている。きっとふたりとも、頭の回転が速いのだ。

カフェスペースに移り、日吉はテーブルを挟み、ふたりと向き合って座った。彼らが過去付き合っていたという事実には驚いたけれど、姫野もまた同性が恋愛対象、というところは、ついつい納得してしまった。

日吉はコーヒーカップを両手でちまちま傾けながら話を聞いていたけれど、ふと気になって、ぽつりと声を出した。

「あのう、おふたりは、どこで知り合ったんですか？」

「美大でだよ。俺は絵画、織斗は彫刻と専攻が違ったんだけど、同じテーマで集まったグループ展で一緒になったんだよね〜」

「まぁな」

「へぇー」

「織斗は当時、絵画の方もやってたんだよね。で、立体と平面との間でふらふら悩んでたから俺がバシッとおまえは立体の人間だろ、って言ってやった——とこから付き合いが始まった気がする」

「……よく覚えてるな。俺は忘れたけど」

「うそぉ、覚えてるくせに。織斗の記憶力、マムシ並みのしつこさじゃん」

お互いの才能は認め合っていたものの、恋人同士以前に、ふたりはアーティスト同士だった。片方が躓《つまず》いたとき、片方は結果を出すこともある。そうして、どうしてもお互いに嫉妬《しっと》が生まれてしまった。一年足らずで別れたが、仕事の面では頼りになる仲間とのことで、今でもたまに付き合いがあるのだという。

田嶋は相槌《あいづち》での参加だけで、ほぼ姫野が話している。それを聞きながら、日吉は無言の田嶋の顔をこっそり盗み見た。

いつも以上に、眉間《みけん》の皺《しわ》が深い。端整な目元は影になっていて、やっぱり彫りが深くてかっこいいなぁ、なんてぼんやりと思っていたときだった。

「なんだ、ヒヨコ」

突然田嶋に声をかけられ、どきりと心臓が跳ねる。

「あ、や、なんでも……」

首を振ると、そんなふたりの顔を交互に見た姫野が形のいい眉を引き上げた。

「ちょっと織斗、ヒヨコちゃんをいじめないでよ。そうだ、アシスタントとかいって、ヒヨコちゃんいじめられてない？　俺、超心配！」

「い、いじめとか、そんなことはないですっ！　たっ、田嶋さんは、なにも知らないおれに、色々教えてくれて……」

必要以上に勢いよく否定してしまったことに気付き、恥ずかしさに俯いてちいさくなる。

その様子を見た姫野は「……あれぇ？」という含みを持った声を上げる。日吉が顔を上げたときには、彼は田嶋の肩を肘で突いていた。

「仲良くやってんじゃん。つーか織斗、なんか悪いこと教えてないだろうな」

「そんなことするわけないだろ。おまえじゃあるまいし」

「えー？　ほんと？　ヒヨコちゃん」

こくこく頷けば姫野はにっこり口の端を上げて、それから肩をすくめた。

「なーんだ、心配して損した。そうだよねぇ、ヒヨコちゃんはかわいいもんねぇ。織斗は相変わらずかわいい子が好きなんだ」

「ア？　いや、こいつは別にそういうんじゃ……」

「あー、そういうのいいから、めんどくさい。織斗、ほんとに変わったんだねぇ」

くすっ、と笑った姫野が、こちらに向かってウインクする。

変わった、ということは、昔の田嶋は今とは違っていたのだろうか。自分の知らない田嶋の過去を思うと、なんとなく胸がざわつく。

「とにかく仲良くやってるみたいで安心した。じゃ、俺そろそろ行くね。ヒヨコちゃん、がんばって」

「あ、はいっ」

軽やかに立ち上がった姫野はテーブルに札を置き、くるりと一回ターンした。

「おい、俺が出すぞ」

「いいよ、今日はいいものを見せてもらったから。それと、ふたりの出会いのお祝いに？」

「だから、おまえなぁ」

なにか言いたげな田嶋を残して、くすくす笑う姫野が遠ざかっていく。そのとき彼の細い肩越し、出入り口付近に先日も会った竹内の姿を見つけた。

男の視線は姫野でも日吉でもなく、田嶋へとまっすぐ向かっていた。眼鏡の奥のどこか虚《うつ》ろな眼差しはじっとりとして触ると粘つきそうな、嫌なものだった。田嶋もそれに気付いたのか、椅子に深く座りなおし、くいと顎《あご》で竹内を指す。

「なんだ、あいつは」

「あの……、彼は竹内さんっていう、姫野さんのお友達です」

なんとなく小声になる。へぇ、と頷いた田嶋はさほど興味がなさそうだ。

竹内の存在に気付いた姫野が、肩を叩いてたしなめているのが見えた。

こっちに来ないで、という日吉の願いも空しく、姫野の牽制《けんせい》をすり抜けた男が近づいてくる。竹内はふたりの座るテーブルの前で、カツ、と靴音を止めた。

田嶋は竹内をちらりと見たけれど、コーヒーカップを傾けるだけでなにも言わない。そんな田嶋を睨みつける竹内も口を開かなかった。

「あ、あの、こんにちは、竹内さん！」

どうにかして場を明るくしようと、笑顔で声をかける。けれど竹内は日吉の声など耳に入っていないようで、田嶋を見据えたまま、痺れを切らしたように口を開いた。

「どうも、田嶋くん」

「……？　どうも」

田嶋はカップからわずかに口を離して言う。挨拶されたから仕方なく返した、といった短い田嶋の声に、竹内の眉がぴくりと引きつった。

「素っ気無いねぇ。僕のことは当然知ってるよね？」

「竹内……さん、だっけか」

名前を知られていたことに満足したのかもしれない。竹内は一瞬ムッとしたようだったけれど、すぐに勝ち誇ったような笑顔になった。もっとも田嶋は、ついさっき日吉に聞いていたから答えたというだけだ。

「竹内、挨拶すんだ？　もう行こうよ」

姫野が竹内の背中を突く。竹内はちいさく首を振って、「まだだよ」と笑った。

学生時代はスポーツをやっていたのではないかと思われる身体つきに、さっぱりとした短髪。一見爽やかだが、竹内に陰湿な印象を受けるのはそのニヤついた瞳のせいだろう。

「田嶋くん、先日はお世話になったね」

「……ア？」

カップをテーブルに置き、田嶋が眉根を寄せた。指先を宙で揺らし、すこし考えてから田嶋は低く言った。

「悪いが……」

「えっ？」

覚えてない、と田嶋が首を振る。

「いやいやそんな馬鹿な。だって先日のコンクールで……」

「コンクール？」

田嶋は黒髪を掻き上げて、じっと竹内の顔を覗き込んだあとに低く言った。

「知らないな、人違いじゃないか」

悪気はなさそうだが正直すぎる。きっと田嶋はこういうとき、なあなあにして誤魔化すことができないのだ。日吉は思わずひやりとして、額に汗が浮かぶのがわかった。

本当に知らないのだろう、田嶋は不思議そうに首を捻る。それがとどめになって、かっと頭に血を上らせた竹内が急に声を荒げた。

「そんなはずはない！　しらばっくれてるに決まって……っ」

「はい竹内、ストップストップ～」

言いながら姫野が竹内の前に長い腕を伸ばして、竹内の言葉を制する。

「ふたりとも、邪魔してごめんね。ほら竹内、行こ！」

「ちょっと姫野くん、まだ田嶋くんと話が……」

「えー、俺と遊ぶんじゃなかったの？　一秒でも時間が惜しいなぁ」

姫野がくすりと笑って言うと、竹内は眼鏡の奥の瞳を瞬いた。沈静した竹内をうまくいなしながら、姫野が腕を摑んで引き寄せる。

「……田嶋くん。姫野くんに免じてここは引くけど、今日のことは忘れないからな」

竹内は最後に田嶋をひと睨みして、踵《きびす》を返した。それから、こちらに苦笑して会釈を投げた姫野と共にギャラリーを去っていった。

ふぅ、と田嶋が息を吐き、すっかり冷めたコーヒーを苦々しい顔で飲み干す。

「ずいぶん俺を好いてるみたいだが、まったく心当たりがないな。まぁ大方またくだらん理由で勝手に俺を妬んでるんだろ」

「またって、そういうの、多いんですか？」

「俺がこんな性格だからな。色々あるのは仕方ない」

田嶋は開き直った口調で言って、口の端を上げた。

「色々って……？」

「美大のときから考えると、嫌がらせの類《たぐい》は一通りざっと受けたたな。作品にわけのわからない難癖をつけられたり、覚えのない不正を訴えられたり、上に圧力をかけられたりとかな。まあ陰口なんかは、痛くも痒くもなかったし、姫野をはじめ影響力のある人間は俺の味方をしてたから、作品作りの妨げにはならなかったが。俺がまた平気な顔してるから、余計に相手を苛立たせるらしい」

「ひどい……なんでそんなこと」

「まぁ、実際のところは知らないから想像でしかないが……、例えばその竹内って奴がコンクールに作品を出していたとする。俺もそれに出品したとする。俺は入賞して、あいつはしなかった。あいつは落ち込みながらも足を運んだ入賞作品の展示会で、たまたま俺を見かけた、……とかな。例え話だが、ただそれだけで、逆恨みする奴は確実にいるんだ」

「田嶋さんは全然悪くないのに？」

「でも実際そんなもんだ。直接言われたこともある。おまえは悪くないが、恨んでるって」

「そんなの、ひどい……」

田嶋の諦めを含んだ語り口が切なかった。才能というのはときに残酷なものなのか。彼が人に壁を作るのは、このせいなのだろう。

「自分以外を認めない、プライドばっかり高い奴がいるからな。さっきの奴なんてまさにそういう顔してただろ。姫野もなにを思ってあんな奴といるんだか」

姫野と竹内が出ていった先を見て、田嶋は乾いた笑いを零した。

(やっぱり、昔付き合ってたから、気になるのかな)

姫野のことを語る田嶋は、いつもと違う雰囲気がする。日吉が田島に感じている透明な壁は、姫野の前にはないのだろうか。


その後、田嶋に簡単な言葉と共に一週間分のアルバイト代を渡され、日吉はあっさりとアシスタントから解放された。

荷物をまとめ、叔父のマンションに帰るとまた以前のように寝つきは悪くなり、かくして日吉はなにも変わらない平凡な日々に戻ったのだけれど。

眠れない夜に突然、田嶋がノミを振るう鮮やかな音が蘇る。そしてさらに日吉を困らせるのは、あの繊細な指先の動きや、鋭い眼差しまでもが鮮明に浮かんできてしまうことだった。

「あの手に触れたい」という慣れない欲望もいまだ健在で、どうすればいいのかわからないままだ。胸の中で持て余して、消したいと思えば思うほど強く脳裏に浮かぶ田嶋の姿があった。夜が明けてからの日常にも、そこかしこに田嶋のことがちらついて離れない。

どうにか気を紛らわせようと、日吉は暇さえあれば叔父が大量に所持しているアートに関わる書物を読んだり、美術館に通ったりもした。

田嶋の手への憧れからか、休みの日には石彫刻の真似事をしてみたりもした。初心者用の道具を揃え、柔らかい材質の石からチャレンジしてみたものの、ちいさなノミを持つ左手に何度もハンマーが直撃し、結局指を腫《は》らしただけで終わった。

失敗も多いが、新しいことを知るたびに目の前が開けていくような気配があって、それは楽しいのだけれど——、やっぱり、なにかが足りなかった。

田嶋のアトリエでの一週間はひどく目まぐるしかったけれど、充実していた。

そんなことを思いながら、三週間がたった。

「田嶋くんの『とまどい』、素晴らしかったわ。彼の力量を改めて体感した。悠也くんもいい体験したわね」

ギャラリーの受付に立つ日吉に、目頭を押さえた女性がそう言う。日吉が田嶋の作品の手伝いをしたという話は、彼女のような常連客の耳には入っているらしい。

日吉がにっこりと笑顔を返せば、彼女も涙を浮かべた瞳を細めた。

「ありがとうございます」

「田嶋くんの次の展示はいつになるのかしら。わたし楽しみで楽しみで」

「まだ未定ですが、ぼくも楽しみにしてるんです」

「きっと個展をするわよね。決まったら、ぜひ知らせてちょうだい。連絡先は……」

「あっ、では、こちらにお願いします」

訪れたゲストに任意で記入してもらう芳名帳を取り出し、女性に手渡す。アーティストに自分が来たことを伝える役割もあるし、ここに名前や連絡先を記入しておくと、気になる作家の次回個展のお知らせが届いたりもするのだ。

それからしばらく田嶋の話をして、女性はギャラリーをあとにした。

（さすがだなぁ。ここ最近のウフは、田嶋さんの話で持ちきり）

女性の背中を丁寧に見送りながら、自分がまだにこにこしていることに気付いた。

すでに多くの顧客を持っていた田嶋の作品は、ギャラリー・ウフでの展示期間の一ヶ月を待たず、すぐに売却済みの札が付いた。郊外の広い公園、その中にある美術館の入り口に飾られることになるという。この先、そこを通る人たちがそれを見てなにを思うのか、考えるとわくわくする。

叔父にそれとなく聞いたところ、その値段は日吉の予想とは桁《けた》が違っていて、作業を手伝ったことを思い返してすこし指先が震えたものだった。

先ほどのとおり、来廊者にも好評というのが、受付に立つ日吉にはよくわかった。

芳名帳に達筆な文字を書き込みながら、しみじみと感想を語る上品な老夫婦。ちいさいころの思い出が蘇った、と涙する男性。そのほかにも、様々な人を見た。日吉は自分の作品でもないのに鼻が高くて、いつも以上に楽しく彼らの話を聞いた。

(うれしい。でも、なんか足りない)

胸がときめくような、苦しいようななにか。

はぁ、と日吉が誰もいないギャラリーにため息を落としたとき、靴音が聞こえた。

堂々とした響き。

日吉は慌てて顔を上げ、すぐに笑顔を作った。けれど、「いらっしゃいませ」と言おうと開いた口から声が出なかった。

「ヒヨコ、久しぶりだな」

「たっ……、田嶋、さん?」

まさに今頭に浮かべていた人物の登場に、日吉は驚いて名前を呼ぶ声が上擦った。

六月になりすっかりあたたかくなったけれど、田嶋は相変わらずの白シャツだ。

お久しぶりです、と返しながら、つい顔が明るくなる。久々に顔が見れて、自分でも驚くほどに胸が弾んでしまう。

「あのっ、田嶋さん、今日はもしかしてオフですか?」

「いや、違う」

田嶋の黒い前髪が揺れて、目元がよく見えない。休みじゃないのかとがっかりして、日吉は声のトーンを無意識に落とした。

「あ……、じゃあ、おじさんに用事ですか。おじさんはですね、今、次の個展の準備で出てまして……」

「いいんだ。今日はおまえに用があって来た」

「えっ？」

驚いて目を見開いた日吉をちらりと見やって、田嶋は前髪を払いながら言う。

「個展の準備ってのは、たぶん俺のだな。先日オーナーから正式に個展の提案を貰った」

「……えっ、えっ、そうなんですか？　わ、知らなかった、ほんとですか、楽しみ……」

興奮で、ぶわりと顔に血が巡るのがわかった。

「ただし、交換条件があってな」

え、と揺れた瞳に映る、田嶋の綺麗な鼻筋が懐かしく感じた。ふっと引き上がった薄めの唇も、なんだかずいぶんと久しぶりだ。だからだろうか、どきんと胸が高鳴ったのは。

「個展の作品完成まで、またおまえを借りることにした。来週からアトリエに来い」

——わかったな、ヒヨコ。

3

日吉《ひよし》が田嶋《たじま》のアトリエに呼ばれたのは、梅雨の合間の晴れの日だった。

前回よりも作業量が多いから、準備期間中は田嶋の家に寝泊まりしてもいいと言われた。以前は毎晩、叔父のマンションに戻っていたけれど、帰りの電車で居眠りをすることも少なくなかったので、日吉はありがたく宿泊を希望させてもらった。前回、田嶋に案内されたあの部屋に荷物を運ぶと、嵐で割れた窓ガラスは綺麗に修復されていた。

さっそく仕事が始まると、相変わらず田嶋は厳しくて、日吉はついていくのに精一杯だ。けれど、全然苦痛じゃなかった。田嶋がまた自分を必要としてくれたことが、うれしくてたまらない。

——悠也《ゆうや》くんが嫌なら、断っていいんだよ。

心配顔の叔父がそう言っていたけれど、断るなんて選択肢は頭になかった。

ただ今回は一ヶ月以上の長期に亘《わた》りそうなので、受付のことだけが気がかりだった。しかしギャラリーの仕事は人気のアルバイトらしく、すぐに臨時で入ってもらえる人が見つかったようだ。

それでもぎりぎりまで心配そうにしていた叔父に、田嶋にあの不思議な感覚のことが気付かれたことを伝えた。彼は日吉を変わった奴と否定せず、受け入れてくれたことも。

熱心に説得する日吉を見て、叔父はようやく安心したようにやさしげに眉を下げて微笑み、背中を押してくれたのだった。

久しぶりの田嶋のアトリエの空気は、驚くほどに日吉の胸をときめかせた。

アトリエの入り口には以前よりも量の増えた、出番待ちの石材たちが積まれている。

（そっか。個展だから、たくさん作品を用意するんだな）

これがすべて田嶋によって魂を吹き込まれると思うと、彼らを扱う日吉の手がいっそうやさしくなった。

アトリエの中央でまだ四角いだけの黒い石に、田嶋がすらすらと墨を入れていく。

それから工具を使い荒取りという作業を始める。田嶋は軽く叩いているだけに見えるのに、どうしてか面白いほど簡単に石がはがれていくのだ。いったいどうなっているのだろう。石の欠片をほうきで集めながら、日吉は首を傾げた。

「こんなもんか。よしヒヨコ、いったん休憩にする」

ふう、と息を吐き、田嶋がひとりの空間から浮上してきた。日差しはますます強くなり、田嶋の額に浮かぶ汗の量も増えている。

「あの……っ、田嶋さん」

「ん？」

タオルと冷たいドリンクを手渡しながら、日吉はきらきらとした瞳を田嶋に向けた。一瞬田嶋がたじろいだように見えたけれど、日吉はすっかり舞い上がっていて、気にする余裕はなかった。

「じ、じつは、おれ、休みの日にちょっとだけ、石彫刻を始めてみたんです。それで、見ていて思ったんですけど、田嶋さんはどうして、そんなにサクサク削れるんですか？　おれの力が弱いのかもしれないけど、まず、全然石が削れなくて」

前のめりで語った日吉の言葉を、田嶋は汗を拭きつつ「ほぉ」とか「ふぅん」などと頷きながら聞いていた。ひとしきり状況を聞くと、田嶋は膝の石粉を払いながら立ち上がった。

「初心者はまぁそんなもんだが、たぶんおまえは力みすぎなんだろうな。角度さえよければ、打ち込むのは軽くでいい」

「あっ、おれ、がんがんって力任せにやってました」

「道具の違いもありそうだが……、そう硬い石でもないんだろ？　だったらやっぱり、力の具合だな。あとちいさい石は難しい。このくらいから始めるのがいいと思う」

言いながら、田嶋は十センチほどの石と工具箱、ミニサイズの作業台と椅子を持ってきた。開いたスペースにそれらを置き、ぱんと椅子を叩く。

「ここに座れ。軽く教えてやる」

「え！　いいんですか！」

「別にかまわない。ただ、おまえの休憩時間が減るってだけだ」

「おれはいいです、やったぁ」

ありがとうございます、と笑いかけながら、素早く椅子に腰掛けた。クリーム色の石とハンマー、綺麗に手入れをされたノミを手渡された。

「え、これ……」

「俺が初心者のころに使ってた道具だ。ずいぶん使ってないが、たまに磨いてるから、まぁ大丈夫だろ」

「こ、こんな大事なもの、おれが使っちゃっていいんですか」

「おまえは、ものを大事に扱うってわかってるからな。しばらく貸してやる」

さりげない言葉が、とてもうれしかった。田嶋を見上げて照れ笑いを返すと、手元に集中しろ、と言われて慌てて前を向き直る。

「はい。えと、こう……、こんな感じに、削ってましたっ」

作業台に石を置き、ノミに向かって力いっぱいハンマーを叩きつける。がきん、という鈍い金属音。音の大きさのわりに、石はちいさな欠片がほんのすこし弾《はじ》け飛《と》ぶだけだった。

「やっぱりな。まず肩の力を抜け。手もそうじゃなくて、ノミの当て方ももっとこう、軽く添えるようにしろ」

「こ、こうかな」

横でとんとんとエア打ちをする田嶋の手の形のまねをしてみるけれど、なにかが違う。いかにも力仕事をしたことのない、ひょろりとした自分の指先では格好がつかない。うーん、と首を傾げると、横に立つ田嶋が舌打ちをしたのが聞こえた。

「違う。いったんノミを離せ」

言葉と共に、背中にふわっとぬくもりを感じて——、え、と思ったときにはもう、後ろから田嶋の長い両腕が回されていた。

「え、え？」

まるで、田嶋に後ろから抱きしめられているような体勢。道具を持つ手を取られて、顔のすぐ横から低めの声がする。日吉の細い身体が、かちんと強張《こわば》った。

「こういう感じで持って……、よし、このまま打ってみろ」

田嶋の作り出す空間に、迷い込んでしまったかのような気分。肩の上に田嶋の顎《あご》が触れているのではないか、というくらいの至近距離のため、顔の角度が変えられない。驚くほど密着していて、なによりも、田嶋の手が自分の手を握っているのだ。

ずっと触りたいと願っていた、田嶋の手のぬくもりがある。そのせいだろうか、明らかな胸の高鳴りを感じてしまう。

「あ……っ、た、田嶋さん……っ、手、手ぇ……っ」

「ア？　手ぐらい触ってもいいだろ？　いいから、角度に気をつけてこのまま打てよ」

ぼそりと話す低い声をすぐ傍に感じて、頭が沸騰しそうになった。きっと耳も、顔も真っ赤になっている。

なんとか頷いて、田嶋の指示どおりにハンマーを振り下ろしてみた。「違う」と言われ、田嶋の手のひらが、道具を握る日吉の両手に強く重なった。

（う、うわ……）

日吉はその力強さに動揺しながらも、触れられたところから田嶋の彫刻への真摯《しんし》な態度が伝わり、落ち着いて石に目を落とした。

何度か一緒に打ってもらい、その後、日吉がひとりで石を叩くと、田嶋がいつも立てている鮮やかな金属音と同じ響きがした。あれだけ強く叩いても削れなかった石肌が、ぽろりとはがれるように綺麗に落ちる。

「わ……！」

「ほら、な？　それでいい」

背中に感じるぬくもりはまだそのままになっていたけれど、目の前の出来事に気を取られてしまった。

「すごいです、おれ、何度やっても……っ」

すごい、と感動した勢いのまま、日吉はぱっと顔を横に捻った。

振り向いた先、息遣いも感じるくらいの距離に田嶋の顔があった。ぱらりとした黒い前髪の隙間、甘めの作りの瞳と視線が合って、はっと息を呑む。

目の奥がちかちかするくらい動揺して、すぐに離れなきゃ、と思うのに——できなかった。

「っ、あ、あの……っ」

「なんだ」

「ご、ごめんなさい、その、は、離れて……っ？」

田嶋が目を見開いたあと、はぁ？　と呟いた。その吐息すらも顔に感じるくらいで、どうしようもなく焦る。けれど、がちがちになった身体は動かない。

「いや、おまえが前向けばいい話だろ」

「だ、だって、固まっちゃって、動かな……っ」

焦りで上擦って高い、おかしな声になってしまった。

恥ずかしいから、早く離れて。そう無言の涙目でじっと見つめて訴える。すると目と鼻の先で田嶋が眉を寄せ、苦しそうな声を出したのが聞こえた。

「……っ、クソ」

手のひらの上の熱が離れたと思うと、ぐっと肩を摑んで強く引き寄せられた。目の前にあった田嶋の顔がさらに近づいて、ふたりの距離が一気にゼロになる。

「え……？　……っ、」

唇にやわらかいものが重なって——キスされているんだ、と気付いたのはそれから数秒後だった。その熱さの心地よさに、頭が痺れるみたいにぼーっとする。

「……ふ……、ぁっ」

一度離れたぬくもりが、角度を変えてさらに強く重なる。肩を掴まれていた手は頬に移動して、逃げられないように固定されているかのようだった。唇の隙間から漏れた吐息に、さっき田嶋が食べていたお菓子の香りがした。

「ん……、んーっ……」

とろんと解けた日吉の唇の間に、そっと熱い舌が差し込まれる。ぴちゃりと濡れた音を弾いた粘膜に、甘い――、そう感じた瞬間だった。

「……っん、ぁ……?」

ぐっと肩が引《ひ》き剝《は》がされて、ぬくもりが遠ざかる。

「あ……」

「……チッ。ちょっと……いやかなり、魔が差した」

田嶋の唖然とした声も遠ざかり、背中に感じた重みもなくなって、一気に全身の緊張が解けた。ふたりの間に春の風が通り過ぎて、濡れた唇を掠《かす》めていく。立ち上がった田嶋は、素早くこちらに背を向けた。

「でも今のは、おまえも悪い。前にも注意しただろ」

「な、なに……、なにを……?」

「そういうことをされると、俺は勘違いするって」

田嶋はがしがしと頭を掻いて、もう一度、ちいさく舌打ちした。

「……休憩、五時まで延長。頭冷やしてくる」

そう言い残し、田嶋はアトリエから出ていく。

ぽかんとした顔でその後ろ姿を見ていたけれど、乾いた靴音が聞こえなくなったとき、日吉はやっと我に返った。

「……、な、なに、今の……？」

弛緩《しかん》した全身はくったりとしていたけれど、触れられていた部分だけが、痺れるように熱かった。そよそよとした風に吹かれても、顔も身体も熱くて、きっとまだ真っ赤なままだ。

突然すぎて、頭が追いつかない。田嶋は「おまえも悪い」などと言っていたが、それもよくわからない。

同性である男から急にキスされるなんて、そんなことが人生で起きるなんて思ってもみなかった。

日吉はまだ感触が残る唇に指先を当て、ぼんやりと考える。

さっきのキスがまったく嫌じゃなかったのは――いったい、どうしてなんだろう。

しばらくその場にうずくまったままでいたけれど、作業台の上の石を見て、もそもそと動き始めた。

削りの感覚を忘れないうちに復習しようと金属音を立てながら、日吉は首を傾げた。

魔が差した、なんてあの田嶋が言ったのだ。

そのときは頭が真っ白でなにも思わなかったけれど、よく考えると相当なことだ。だからもしかしたら彼は気まずそうな顔で戻ってくるのかな、と日吉は思っていたけれど、休憩から帰った田嶋はむしろいつもより厳しい表情でピリピリとしていた。

それからすぐに今日の作業とは明らかに無関係の細かい道具の整理などを頼まれ、田嶋とはほとんど顔を合わせないままにその日の就業時間を終えた。

でもそれは、日吉にとって都合がよかった。キスされた、と思うと変に意識してしまって田嶋の顔が見れそうになかったし、道具を渡すときに、指先が震えて落として壊してもしたら大変だ。

気がつけば田嶋のことを考えてしまって、そわそわする。唇が熱い気がして、今も。

（なんだったんだろ……、なんで、おれにキスしたんだろ……）

田嶋はゲイだと言っていたから、同性である自分もそういう対象になるのはわかる。だとしても、どうして自分に、と思わずにはいられない。

習慣になっていたアトリエの掃除を終え、外に出て新鮮な空気を吸う。田嶋の姿を捜したけれど見当たらない。思わず、ふぅ、と息を落とす。

そのとき突然背後から低い声がして、ぴんと背筋が伸びた。

「おい」

「は、はいっ！」

　田嶋の声だ、と思うとどぎまぎしてしまって、日吉は振り向かないまま、「なんでしょうか！」と尋ねた。

「夕飯だが、今日は俺が作る」

　うそっ、と思わず声に出してしまった。日吉は驚きすぎて振り向いた。本当に田嶋が言ったのかと、まじまじと顔を見てしまう。さっきのキスといい、本当にこれは現実なのかとまで思えてくる。

「た、田嶋さん、熱でも……？」

「ない。いいからおまえはとっとと部屋に戻ってピヨピヨしてろ、用意できたら声をかける」

　田嶋はぶっきらぼうに言って、背中を向けると坂道を長い脚でずんずんと降りていった。

日吉はぽかんと口を開けたまま、田島の広い背中を見送っていた。

日吉は言われたとおり部屋で大人しくしていた。胸の中はそわそわと落ち着かないままで、なにも手につかず、だからといって寝ることもできない。

　田嶋が買い物から帰ってきた気配がしたっきり、待てど暮らせど声がかからなかった。二時間ほどして不安になり始めたころ、ようやく田嶋の「できたぞ」という声がした。

　リビングに入って息を吸った瞬間、「カレーだ」とピンと来た。けれど日吉がいつも作るものとはまったく違う、スパイシーな香り。

「わぁ」

テーブルにはたくさんの皿たちが、田嶋らしい几帳面《きちょうめん》な配置で美しく並んでいた。予想どおりメニューはカレーだったけれど、プレートに盛られているのは普通の白米ではなく、色鮮やかな黄色い米だった。他にはブロッコリーやカリフラワーのサラダと、コンソメスープが添えてある。

すでに田嶋は着席している。素早く向かいの席に着いて「ありがとうございます」と笑いかけると、田嶋は「別に」と素っ気無く言った。

リビングにテレビはあるけれど、田嶋は特に好きではないらしく、食事のときはいつも無音だった。それを気まずいと思ったことはなかったはずなのに、今日は時計の音や自分の出す音がやけに耳についてしまう。心臓の音すら田嶋に届いてしまいそうで、日吉は精一杯、明るい声を出した。

「いただきますっ」

あつあつのところをひとくち食べて驚いた。複雑で奥深いスパイスの風味が、口いっぱいに広がる。思わず、ふわぁ、と声が出た。

「おいしい……！　これって、田嶋さんがスパイスとか入れて作ったんですか？」

「そうだ」

投げやりな短い返事に、もしかして照れてるのかなと顔を覗き込む。けれど田嶋の瞳は感情がまったく読めなくて、日吉はわずかに唇を尖《とが》らせた。

田嶋の作ったカレーは市販のルーを使ったものとはまったく違う本格的な味わいで、とても美味しかった。これは二時間もかかるはずだ、と納得する。

「すごいです、この黄色いご飯もカレーと合っておいしい……」

「黄色いご飯じゃなくてサフランライスだ。似たものでターメリックを入れて炊いたターメリックライスってのもあるが、俺はサフラン派だな」

スパイスに使ったのは主にクミン、コリアンダー……と続いた田嶋の蘊蓄《うんちく》にうんうんと相槌《あいづち》を打ちつつ、日吉はひたすらカレーを口に運んだ。スパイシーな香りが空腹だった胃を刺激して、いつもの倍以上の食欲が湧いたのだ。

「すごくおいしかったから、もう一杯いいですか？」

そう照れながら言って、小食気味な日吉がおかわりまでしたのを見て、田嶋も気をよくしたらしい。食後に例の呪文のような店のスイーツまで出してくれた。

「ごちそうさまでした」

さすがに苦しくて、ふぅと息を吐きながら冷たい水が入ったグラスを傾ける。向かいで同じようにしていた田嶋が、グラスを置いてぽつりと言った。

「うまかったか？」

「はい、すっごく。田嶋さんて、じつは料理上手だったんですねっ。おれのカレーより、全然おいしかった」

へへ、と笑えば、田嶋もすこし口の端を上げた。テーブルに片肘をつき、その上に顎を載せてこちらを見ている。

「そうでもない。家庭的なカレーもいい。チョコレートを入れすぎなければな」

そんなふうに言ってくれるとは思わず、驚いて瞬きを繰り返してしまった。その反応に笑った田嶋が、ふっと目を細めて言った。

「これでチャラでいいか？」

「えっと、なにをですか？」

「キスしたこと」

「……っ！」

口に含んだ水を、噴き出すかと思った。

げほげほとむせて、顔が真っ赤になってしまう。そうでなくても、田嶋の一言で一気に今日のキスの感触を思い出して、頭に血が上ってしまったのに。

「なっ、なっ、なんで、そんなこと言うんですか……っ？」

「いや、おまえ経験浅そうだから、気にしてるかなと」

「た、確かにおれは経験とか、すくないですけど……」

むせたせいで涙目になった顔を上げると、なぜか田嶋はぎくりとした顔をした。

「い、いや、違うぞ。別にそれが悪いとか、経験があるほうがいいとか、そういう意味じゃない」

「へ？」

よくわからないフォローをされて、日吉は首を傾げた。

「ん？　なにを言ってるんだ、俺は。違う、ただこのカレーで落とし前をつけるというか、おまえに謝罪したかっただけなんだが」

田嶋がなにかぼそぼそと言っている。……謝罪？　まさか。

「あの、カレーで、おれに、キスのことを謝りたかったってことですか？」

テーブルに肘をついたままの田嶋が、視線を外しながらちいさく頷いた。彼が向いたキッチンの方向につられて目をやれば、大量のスパイスの瓶が見えた。このカレーのために購入したのだろうか。

「うれしいけど、普通に言ってくれれば、おれ……」

「普通ってなんなんだ。俺は人に謝ったことなんて、生まれてこの方ほとんどないんだ。だから方法がわからない」

しれっと言いながら片手を上げ、お手上げのポーズをする。

「ええぇ。そんな人がこの世にいるなんて」

信じられないことだった。そそっかしい日吉など、日々誰かに謝ってばかりなのに。

「ここにいるだろ。普通に言えないから、気持ちを形にして伝える。というか、結局芸術ってのもそういうことだろ。言葉にできない頭の中を、他人の目にも見えるようにすること」

田嶋の言葉に、はっとする。

生きもの以外の「もの」に気持ちがあるように感じる日吉と、その「もの」に気持ちを籠める田嶋。

日吉のそういう部分をさらりと受け入れてくれた所以《ゆえん》が、ふとわかった気がした。

「なるほど、深いです……」

日吉がメモ帳とペンを取り出して書き込みを始めたのは、ドキドキと激しくなる動悸を誤魔化すためだった。

びっくりした。今日は驚くことばかりで、日吉は心臓が休まらない。

あの田嶋がわざわざ買い物に行って夕食を作って、デザートまで用意して振る舞ってくれたのは、すべて自分のためだったのか。不器用な田嶋の、気持ちを伝える手段だったなんて。

その心遣いはうれしいけど、別に、怒ってなんてなかったのにな――。そう思った自分にも驚いた。相手はかわいい女の子ではなく、田嶋という、自分と同じ男なのに。

「ごちそうさまでした。おやすみなさい」

そう言って各自の部屋に戻ったときには、すっかり深夜になっていた。風呂に入ってベッドに潜っても、日吉は気が高ぶってなかなか寝つけなかった。

　窓際からベッドサイドに移動させておいた鳥の置物を、じっと見つめる。

「ねぇ、鳥さんはどう思う？　今日の田嶋さんはいつもと違ったけど、おれもちょっと、変だよね……」

　静かな部屋に、日吉の呟きがとける。丸みを帯びた石から返されるあたたかい空気に安心して、目を閉じた。

　眠りに落ちる寸前、そっと触れた唇は、まだ熱を持っているような気すらした。スパイスの利《き》いたカレーのせいなのか、それとも。


　田嶋のキスから数日した日曜日。

　アシスタントは土日休みになっている。部屋にいると悶々《もんもん》としてしまうので、日吉はぼんやりとした頭のまま外に出た。ふと見上げた空は一面灰色で、もやもやとすっきりしない自分の心の中みたいだと思った。

　無意識に向かった先の叔父のギャラリーで、姫野《ひめの》とばったり会った。日吉のぽわんとした瞳を見てピンときたらしい姫野に、半ば強制的に、近くにある昔ながらの喫茶店に連れてこられたのだった。

吐け、と笑顔の姫野に迫られて、逆らえなかった。

自分をぼんやりとさせている理由は、完全に田嶋からのキスだった。

あれから田嶋の態度は至って普通だったのに、日吉が普通ではいられなくなってしまったのだ。

顔を合わせればあのキスを思い出してしまうし、キッチンにあるスパイス類を見ればあの日の夜を思い出す。なにを見ても田嶋のことばかりを考えて、ひとりで百面相する始末だ。

こんなことは初めてで、困惑していた。

一度話し始めたら止まらなくて、結局キスのことから最近のことをすべて、包み隠さず打ち明けてしまった。姫野なら、この気持ちがなんなのか、教えてくれそうな気がしたからだ。

「なるほどねぇ……」

ひとしきり日吉の話を聞いた姫野は、何度もちいさく頷いてから瞳を上げた。

「ヒヨコちゃん、ごめんね。すっごいベタなこと言ってもいい？」

「ど、どうぞ」

はい、と日吉が片手を広げると、テーブルの向かいでにっと口の端を上げた姫野が、歌うように言った。

「それってねぇ、恋しちゃってるんだよ」

「こ……っ？」

「恋です、恋」

こ、い、と姫野は大きく口を開けて言いながら、唖然とする日吉の鼻先をつんと突《つつ》いた。

そのままぐらりと後ろに倒れそうになる日吉を見て彼はくすくす笑うと、クリームソーダのアイスをスプーンで掬《すく》った。

「恋……、って、でも、おれは男で、田嶋さんも、男……」

ぶつぶつと口の中で続けてしまう。まるで自らに言い聞かせるような言葉だ。

「ん〜。男女の恋愛とな一んら変わりないよ、俺らのって。ま、ある程度の覚悟はいるけど」

「そ、そうなんだ。いやでも、おれ、今までノーマルだと思って生きてきたんですけどっ」

流されまいと身体を戻し、日吉はコーラフロートを不器用な手つきで口に運んだ。

「う一ん、俺も元々はそう思ってたんだけどね。なんかある日、俺って女の子に興味ないなぁって思ってさ。アート一筋だからだな〜って誤魔化して過ごしてたんだけど、いつだったか、男の身体に欲情したことがあって。それから、あ、俺こっち側なんだって気付いたよ」

「えっ」

どきり、とした。スプーンを持つ手が震えて、日吉は落ち着かずに意味もなくざくざくとグラスの中身を刺した。

（男の身体に欲情……）

あれを欲情というのかは不明だけれど、確実に田嶋の左手に胸が高鳴る。最初こそそれだけだったけれど、今は田嶋のなにを思い出しても鼓動が速くなってしまう自分がいる。

こんなにドキドキしてるけど、相手は男だぞ。そう心の中で確認しても、相手が同性であることに特に嫌悪感はないようだ。

（おれってまさか……）

元々異性の胸や尻といった性的なものに興味が薄く、それは実家の四人の姉たちがよく裸同然で家をうろついていたりしたからだと思っていたのだけれど、もしかして。

「ヒヨコちゃん？」

ぐるぐると考えて俯いていると、姫野の綺麗な顔がこちらを覗き込んでくるのが見えた。そこそこ近い距離で目が合って、にこりと微笑まれる。

そこで、姫野にこうされてもドキドキしない、と気付いてしまう。姉の女友達に囲まれて過ごした思春期の、あの感じに似ている。

「まぁ確かに、ヒヨコちゃんのはまだわからないかもね。織斗《おりと》ってほら、むかつくけどイケメンだし、なんか色気あるもんね。ノンケの子でも、迫られたらくらっとするのは仕方ないかも。本気の恋ってより、憧れっていうか」

「そ、そうかも。憧れは絶対あるから」

「そういう時期ってあるよね〜。悔しいけど、織斗は仕事もできるからなぁ」

「ですよねっ。田嶋さんの仕事してる手を見てると、すっごくドキドキする。最初はあの作品を作り出す手だからかなー、と思って見てたんだけど、でも、それだけじゃなくて」

「……じゃなくて？」

田嶋の手に触れられた部分を思い出すと、まだ熱を持っている気がする。重なった唇は、アイスで冷やしても冷えないくらい熱い気がした。

「……触りたいって、思っちゃう。それで、じーっと見ちゃう」

日吉が言葉を止めると、姫野のアイスを掬う手も止まって、ことりとスプーンを置く音がした。

「この気持ち、なんなんでしょうか……？」

眉を下げ、ひょいと首を傾げて言うと、目の前の姫野は両手で顔を覆っていた。


一日明け、田嶋の作業補佐をしていても、頭の中にはぐるぐると姫野の声が回っていた。

「おい、聞こえないのか。石頭《せっとう》ハンマー」

「……っえ？　あ……！」

何度目かの再生を脳内でしていて、外界の音が耳に入っていなかったらしい。急に低い声が頭に入ってきて、思わず飛び上がった。ごめんなさい！　と言いながら素早くハンマーを取り、田嶋の手の上にそっと載せた。

もたもたしていると、いつもは「早くしろ」という怒声が飛ぶのだけれど、今日は何も言われなかった。声にも、覇気がない気がする。渡すときにちらっと覗いた田嶋の顔には感情がなくて、手元を見つめる瞳はどこか虚《うつ》ろだ。

とはいえ、あのカレーの夜から今まで、田嶋の態度はまったく普通だった。むしろやさしいくらいで、どこか居心地が悪い。

――もし自分の気持ちは恋じゃない、ただの憧れって本気で思うなら、もう織斗をじっと見つめるのはやめたほうがいいよ。たぶんヒヨコちゃんが思っている以上に危ない顔してるから、織斗には酷かも。

姫野は別れ際、肩をすくめてそう言った。

ちらり、作業をしている田嶋の背中を見る。

(恋なのか、憧れなのか、かぁ)

自分の気持ちの正体は、まだわからないままだ。

姫野はなにかを心配した様子だったし、半端な気持ちで見つめたりするのは、田嶋の負担になるということなのだろう。

そうして日吉があれから今まで、一晩と数時間考えて、出した結論。

自分の気持ちがはっきりするまでは、田嶋のことを不必要に見つめるのは、やめよう。

「……ヒヨコ。おい」

休憩中、アトリエの隅《すみ》でぼーっとしていると、すこし離れたところから田嶋が声をかけてきた。日吉はすぐに「はいっ」と答えて顔を上げたけれど、意識的に視線は田嶋の瞳ではなく、綺麗なラインを描く顎付近に向けた。

「ふと思い出したんだが、先日おまえに渡した石、あのあとどうした？」

「あっ、あれは、大事に部屋に持って帰って、夜とかにたまに彫ってみてます。あっ、そうだ、田嶋さん……っ」

あのときはキスの件で動揺して、お礼を言い忘れていたことを思い出した。大切な工具も一緒に借りたし、ちゃんと言っておかないと、と口を開いたのだけれど。つい、そのまま田嶋の顔を見てしまった。漆黒の瞳と目が合う。

「あの、ありがとうございました、って言いたくて。教えてもらったから、まだへたですけど、一応ちゃんと削れるようになりました」

言いながら慌てて視線を逸《そ》らしたのは、露骨すぎただろうか。

「……よかったな」

ふ、と笑った気配がしたあと、田嶋は踵《きびす》を返した。なんだか悲しくて、その背中を追いかけそうになるのをぐっと我慢した。

休憩も終わり作業が再開して、日が暮れ始めたころ。数日前から田嶋が向かっていた作品は、元の四角い石からは想像もつかないものになっていた。

田嶋が席を立っているとき、日吉はふと床を掃いていた手を止めて、作業台に載せられたそれをぼんやりと眺めた。

大きなところは電動工具などを使い、だいたいの形が取れている。前回の作品と同じくらいのサイズ、五十センチほどの黒大理石は、大人の男の手のように見えた。日吉はいつも飽きずに彼の手を見つめていたから、すぐにわかってしまった。

「これ、田嶋さんの手……？」

ぽつり、自分のためだけに落とした声。すぐに「そうだ」という答えが後ろから返ってきて、日吉は肩を揺らした。振り返り、上擦った声で再度聞く。

「そうですよね。これって、田嶋さんの手……」

「よくわかったな。今回の個展のメインはこれで行こうかと思ってる。今まで、自分の手というのは彫ったことがなかったんだが……なんとなく、彫りたくなった」

「わ……」

自分の頭の中にある、ずっと触りたいと願っているもの。

それがそのまま具現化され、目の前に現れたかのような。まだ粗削りながら、工具を持つ田嶋の手の形だとわかる。ノミに沿うように伸ばされた長い人差し指、そのほかの指は柄を力強く握る形。

見ているとつい手を伸ばしてしまいそうになる、生きている田嶋の手そのものの空気がある。

田嶋はこの作品に、どんな言葉を閉じ込めたのだろうか。いつでも変わらない手の形――、もしかしたら、日によって変化する彼の気持ちがそこにはあるのかもしれない。

完成が楽しみで、同時にすこし怖かった。出会った日のように、失態をおかしてしまうのではないかと思う。

「田嶋さんは、彫刻は脳でする、って前に言ってたじゃないですか。でもやっぱり、心でしてるんじゃないですか……？」

日吉の突然の言葉に、田嶋はすこし面白そうに問う。

「どうしてそう思う？」

「だって、田嶋さんの作品を見てると、こんなにドキドキするんですもん……」

胸を両手で押さえて、放心状態で呟いた。横に立つ田嶋が笑う気配がする。

「そこは心臓だろ？　心臓がドキドキするのは脳の交感神経が指令を出しているからだ。結局は心も脳の作用なんだよ」

「でも……、なんでこんなにおれの胸が痛いんですか？　おれの脳は、いったいどういう指令を出してるんだろう……」

自分でもわからないのに、田嶋にわかるはずがない。でも、田嶋なら何でも知っている気がして、何でも教えてくれる気がして、聞いてしまった。

けれど、自問みたいに呟いた言葉に、田嶋は何も言わなかった。

その日のすべての作業が終わり、日吉が作った夕飯をふたりで食べた。その間に会話はちらほらあって、日吉の視線が田嶋の顔に向かない、ということ以外はいつもどおりだった。

日吉もそれ以外は普通にできたと思っていた。

先に風呂に入らせてもらい、やわらかい布団に包《くる》まる。

(……眠れない)

キスから数日して、すこしは落ち着いてきていたのに。作りかけの田嶋の『手』を見て、興奮したせいだろうか。

明日も早いんだから、寝ないと。そう思えば思うほどに目は冴えて、頭の中には鮮明に田嶋の声や顔、手の動きが浮かんでくる。それに伴い、とくとくと早くなる心音。

ベッドサイドのチェストの上、田嶋が彫った鳥の置物に視線をやる。それを手に取って、きゅっと握り締めた。一見冷たそうで、実際に触れてもひやりとした石の塊なのに、しばらくすると手のひらに馴染んであたたかくなるそれは、なんとなく田嶋に似ていると思った。

——それってねぇ、恋しちゃってるんだよ。

姫野がそう言って笑っていた。

確かに、恋に似ていると思う。

田嶋を見るとドキドキする。彼に必要とされるとうれしいし、話しかけられるのも、話しかけるのも楽しい。数時間、彼の顔を見つめないように努力したけれど、本当は見たくて仕方がない。

（……あと、触りたい）

この欲求は初めてのことだから、自分でもよくわからない。

触りたい、と思いながらも自分から触れたことは、初めて会った日、手に頬擦りしてしまったあのときくらいのものだけれど。今思うと、ずいぶん大胆なことをした。

触られたことは、何度かある。ちょっとした瞬間に肩や腰を叩かれたり、頭を撫でられたり。それから、先日――。

（キス……）

思った途端、唇に感触が蘇ってくる。

音もなく触れた口付けはやわらかくて、ひどく熱かった。

開けた唇の隙間に田嶋の甘い舌が触れたのを思い出すと、顔が火照る。じわじわとした熱が身体に回って、息が上がってしまって、苦しい。

「……は、……っ」

喉が渇いた。

日吉はふらりと立ち上がり、水でも飲もうとキッチンに向かった。

時間を見ると、一時を過ぎていた。きっと寝ているだろうと、田嶋の部屋の前を音を立てないよう静かに通り過ぎた。

リビングのドアを開けようとして、ぴたりと日吉の動きが止まった。うっすらとした明かりが、リビングから漏れている。

ゆっくりとノブを回し、中の様子を窺ってみるが、田嶋の姿はない。消し忘れかな、と首を傾げながら冷蔵庫に向かい、ソファの横を通り過ぎようとして――、日吉は、心臓が止まるかと思った。

「……っ！」

田嶋が、ソファで横になって寝ている。

仰向けで片腕を上げ、ちいさな寝息を立てている。

（ね、寝てる……）

田嶋だって人間なのだから、当然睡眠は取るだろう。けれどなんだか信じられなくて、不思議な気分になった。こんなところで寝てしまうなんて。今日一日、田嶋がなんとなく気だるく見えたのは、もしかしたら眠かったからなのかもしれない。

思わずごくりと息を呑む。そっと足を止め、観察してしまう。

寝ているのなら、見てもいいだろう。そんな言い訳を頭の中でしながら、日吉はしばらく、

　その端整なつくりの寝顔を眺めた。

　薄明かりに照らされた無防備な田嶋の寝顔が、惜しげもなく晒《さら》されている。開かないドアで隔てられた田嶋の部屋の中を、そっと覗き込んでいるような気分になる。

（……かっこいい、なぁ。変なところなんて、ひとつもない）

　前にも思ったけれど、髪と同じ漆黒の睫《まつげ》が長い。鼻は高く、顎のラインが綺麗だ。ラフに乱れた黒髪が色っぽい男の雰囲気を醸し出して、羨ましくすら思う。

　日吉は自分の顔はあまり好きではなかった。かわいいと言ってくれる人もいるけれど、自分の顔は客観的に見れないし、だいたい、自分が田嶋を見る顔は姫野いわく『危ない顔』なのだ。

（そうだった。だめだ。もう、やめなくちゃ）

　そう思うのに、視線を外すことができない。こんな貴重な体験、二度とできない気がして。

　お願いします。あと十秒だけ。日吉はそう断って、頭の中でカウントする。

（さん、に、いち……）

　ラスト一秒。もうだめだと思った瞬間、ぶわり、必死に抑えていた欲が弾けた。

　きっと大丈夫と高を括《くく》り、田嶋の頬に、震える指先を伸ばす。

　あと三センチほどで、頬に触れる――、そう思ったときだった。

「……っ！」

脱力していた田嶋の腕が、突然動いた。

日吉は慌てて手を引いたけれど、それよりも速い動きで田嶋の手に捕らえられてしまった。

「あ……っ」

「……おい」

田嶋の瞼が薄く開いて、眉根がきつく寄せられていく。黒い瞳は、じっとこちらを見ている。

「なにしてんだよ、おまえは」

「あ、あの、おれ、喉渇いちゃって、み、水を飲みに……」

そう答えても、田嶋の眼差しも、手首を摑む力も緩まない。

「いや、今だよ。今、なにしようとした」

「や……」

いつから、起きていたんだろう。

あの手に摑まれて、射貫《いぬ》くような視線で下から見つめられて、鼓動が騒がしくなる。脈が狂う。顔も身体もぜんぶ熱くて、胸も苦しい。

(憧れ……じゃ、こんなふうにはならないよ……)

完全にテンプレートどおり。

もうきっと、これはあれなのだ。認めるしかない。

そう諦《あきら》めて日吉が瞼を閉じたとき、ふと姫野の声が蘇った。別れ際に聞いた言葉の、続き。

——でもね。いや、これは恋だ、って思うなら……、そのまま、本能に従っちゃいなよ。

とろんと潤んだ瞳をゆっくりと開き、日吉は吐息を漏らした。

今感じている本能は、ひとつしかない。

「あの、おれ……、田嶋さんに、触りたかったんです……」

動揺で掠れたひどい声だったけれど、田嶋の耳には届いたらしい。手首を掴む腕がぴくりと揺れた。下からちいさな舌打ちが聞こえて、そのまま腕を強く引かれる。

「っ、わ……！」

力の入らない身体がよろけて、ソファに横たわる田嶋の上半身に胸から乗り上げてしまった。起き上がろうとしたところで腰に腕を回され、身動きが取れなくなった。田嶋の肩口に顔を埋《うず》める体勢で、ぽつりと低い声で言われる。

「……おまえ、そういうの、わかって言ってるのか」

「そ、そ、そういうの、って……？」

「煽《あお》るようなこと、言うだろ」

「えっ、えっ？」

「昼間だって、胸がドキドキでどうのとか妙なこと言ってたし、かと思えば全然俺の顔を見なかったり……おまえ、わざとしてるのか？」

「わかんない、ご、ごめ、なさ……」

とまどった声を出すと、ため息が聞こえた。

「前に言ったよな、俺はゲイだって。おまえノンケだろ。なんで男の俺に触りたいと思う？」

「ん……たっ、田嶋、さん……、あの」

耳の近くでぼそぼそと低い声で話されて、疼くような感覚が腰まで響いてしまう。恥ずかしくて、日吉はもぞもぞと身体を捩《よじ》って、田嶋の肩に顔を擦り付けた。

「もっ、耳元で話すの、やめてくださいぃ……」

「……どうして」

「ん――……っ」

絶対わざとだ、と思うのだけれど、田嶋が声を甘くして、耳元で囁いてくる。ぞわぞわとした刺激が耳から全身に広がって、覚えのある熱い感覚が、下半身に集まる。

「……っ、や、やだ、田嶋さん、お願いします、放して……っ」

「ア？　おまえ、俺に触りたいって思ったんじゃないのか。触られるのは嫌ってことか？」

「そ、そう、なのかな……？」

触られることが嫌、というよりは、なんだか怖かった。自分の身体がとんでもない暴走を始めそうで。なにか、信じられないことが起きてしまいそうで。

こくりと頷けば、田嶋が耳元ではは、と笑った。乗り上げた広い胸が揺れる。

「なんだよ、それ」

「お、おれもよく、わかんないんですけど……」

「でもまぁ、減るもんでもないし、別にかまわない。勝手に触れ」

「え、ほ、ほんとですか？」

「あぁ」

触りたい、という初めて人に感じた欲求が、ようやく満たされるかもしれない。そう思うとうれしくて、ぱぁっと顔が輝いてしまった。田嶋は日吉が声のトーンを上げたのを聞き、首を傾げていた。

「おまえ、本当にノンケなんだよな？　いったいどういう心理だ」

腰に回っていた腕が離れたので、ぶつぶつ呟く田嶋の腰を跨《また》いだ格好で上半身を起こした。

「その……、あの、いいですか？　失礼します……」

風俗店かよ、という田嶋の呟きは無視して、ゆっくりと頬に手を伸ばした。ぺたりと両手で包むように触れながらじっと顔を見ると、目を細めた田嶋の視線が絡んだ。

「かっこいいなぁ、田嶋さんて、かっこいいです……」

「あぁ……、そう」

呆れた半笑いを返されて、かぁ、とさらに顔が熱くなった。

日吉の手のひらが熱くなっているせいか、頬から伝わる体温はひんやりとしている。するり、逞《たくま》しい首筋まで指先を滑らせれば、そこに確かに田嶋の血潮を感じた。女性の肌とはまったく違う質感なのに、胸は熱くなるばかりなのが不思議だ。

それから、ずっと触りたいと願ったその左手に、そっと触れる。

手首を摑んでみると、しっかりとしていて骨っぽかった。

は、と吐息をひとつ漏らしてから、広い手のひらを撫でてみる。いつも石に触れているからだろうか、すべすべしている。工具によく当たる部分の皮膚は厚く硬くなっていて、職人の手だと感じる。日吉の手と比べると、ずいぶん大きい。そして、熱かった。

「ずいぶん手に執着してるな。おまえ、いつも俺の手をじっと見てるだろ。バレてんだよ」

「う……」

めげずに田嶋の手を握ったり、摑んだりして、気付いたことがあった。

(触ってる、のに……)

例えば田嶋の作る作品や、大切にされている工具、椅子。そういうものを見たり、触れたりするときは、彼らの鼓動と共に、なんとなくの感情が伝わってくる。生きもの以外の、一般的に「もの」と言われる物質に触るときは、そうだ。

でも、生きている人間の考えていることは、読み取ることができない。

知りたい――と思ってしまう。

「田嶋さん、今、なに考えてます？　おれ、わかんないです……」

「俺にもわからん。なんなんだ、これは。どういう状況だ」

「えっと。おれが、田嶋さんを触りたいから、触ってます」

ふーん、という呟きが聞こえて、田嶋が口の端をすこし上げた。

なんとなく意地悪そうに見えるその表情は、たまに自分に向けられるもので、日吉はそれを見るのが好きだと思った。

（……好き？）

胸の中に自然と湧いた感情に、自分で驚く。きょろ、と瞳を揺らすと、田嶋が意地悪な形のままの口を開いた。

「どうして触りたいと思う？　触りたいから、なんとなく、わからない、はナシで答えろ」

「え？」

首筋に触れていた指先が、ちいさく震える。心の中で出たひとつの答えを、言ってもいいものか、判断がつかない。

「あの、怒らない、ですか……？」

潤んだ瞳で問いかければ、田嶋が目を細めてこちらを見ていた。その瞼にかかる黒くて長い睫も、やっぱり好きだなと、そう思ってしまう。突き放すような口ぶりも、偉そうな態度も――。

たまに感じる壁は日吉を切なくさせて、その中身を見たくてたまらない。田嶋のことが、もっと知りたい。

「田嶋さん……」

男とか女とか——そういうものをすべて取っ払って、胸の奥から素直に溢れる感情があった。

長い時間をかけてじわじわと流れた水が、どこかでたっぷり溜まって、もう隙間がなくなった。そのうえ田嶋によって熱されて、きっとぽこぽこと沸騰している。

こんな気持ちは初めてで、よくわからないけれど、言ってしまいたくてたまらない。

「……っ、おれ……っ、たぶん、だけど」

ぐっと唇を結んだ。口を開けば一気に感情が溢れて、泣きそうになった。

「言えよ。怒らない」

ふ、と細められた田嶋の瞳が驚くほどやさしくて、誘《いざな》われるように口が動く。器用な指先がそっと伸びてきて、きゅっと閉じた唇に触れた。途端、そこから感情が、ぶわりと零れた。

「……好き、だから……っ、です……っ」

声に出して言いながら、やっぱりそうなんだ——、と思った。

一度認めてしまえば、すとん、と驚くほど自然に胸に馴染む気持ちだった。

田嶋への気持ちは憧れから、恋に変わっていたのだ。

「なるほど」

そう下から聞こえたと思うと、ぐっと肩を押された。衝撃に怯《ひる》んだ身体を、背もたれの方にころんと転がされる。日吉は身体の力が入らず、なすがままになってしまう。

「わ……！」

身体を起こした田嶋が身体を反転させ、覆い被さってくる。それはあっという間で、ぎゅっと閉じていた瞼を開けたときには、すでに体勢が逆転していた。

(うわ、ぁ……)

視界ぜんぶが、田嶋で覆われていた。天井のやわらかな明かりの逆光も、田嶋のこちらを見つめるまっすぐな瞳も眩しい。

お互いの身体からは、同じボディソープの香りがする。それに混じって田嶋の甘いにおいを感じたとき、鼓動がばくばくと激しくなった。

「た、田嶋さん……っ」

「なんだ」

「待って、だめ……、心臓が、ヤバいです……」

心臓の音が、田嶋にも聞こえてしまうのではないかと思うくらい大きい。体温が上がって、耳の奥の血流の音が聞こえるほど。

それを伝えると、田嶋はふっと目を細め、すこしずつ顔を近づけてくる。頬にやわらかいキスが落ちて、唇の端まで移動する。驚きに身を硬くすると、やさしく頬を撫でられた。

「……口、開けろ」

「え、は、はい……、ぅ、んん……っ」

言われるがままに、そっと口を開いた。それを見てすこし笑った田嶋が、ゆっくりと唇を重ねてくる。ぎゅっと瞼を閉じれば、開いた唇の隙間に濡れた舌がぬるりと進入する。やはり甘くて、とても熱かった。

「ん、ん……っ、ぅ、ん……」

先日のキスなんて比べ物にならない、濃厚な口付けだった。角度を変えて何度も重なる唇。咥内《こうない》を動く舌の感覚もただ心地よくって、力が抜けてしまう。

「……っ、ん……！」

この甘さはやっぱりココアみたいだ。そんなことを考えていると、やわらかく動く器用な田嶋の舌に、縮こまっていた舌を根から搦《から》め取《と》られ、吸われた。田嶋の唇で食べものみたいに扱われ、何度も甘く噛まれると、そこからとけてしまうような気がした。

（なにこれ、キス……？　すごい、こんなの……）

それからぴちゃぴちゃと音を立てて咥内を味わわれ、もう日吉の身体は熱くてたまらなくて、全身が痺れて仕方がなかった。唇の隙間からふいに漏れる吐息は甘く、誰の声かもわからないくらいにとろけきってしまう。

「ん……、はぁ、ぁ」

唇が離れ、嚥下《えんか》しきれなかった唾液が日吉の口の端からとろりと零れた。それを拭《ぬぐ》うこともできないくらい、頭が真っ白になっていた。気持ちがよくって、どこかに行ってしまいそうな気がする。

「っ、ぁ、ん……！」

はぁはぁと息を整えていると、口の端を拭ってくれていた田嶋の指先が、ゆっくりと首筋に下りていく。どこの肌も驚くほど敏感になっていて、それだけで、唇の隙間からは甲高い声が漏れた。知らない人の声みたいで、日吉はぱっと口を押さえて眉を下げた。

「うそ、今の、おれの、声？」

「声？　……おまえの声だよ、ヒヨコ。甲高くて、女みたいだな」

くく、と笑った田嶋が、指先をパジャマのシャツのボタンにかける。そこが外されていく感覚すら、焦《じ》れる刺激となって下半身に落ちていく。

「え、や……、おれ、女じゃない……、です……っ」

「わかってる。でも……、女より、おまえの方が美味そうだ」

とまどった瞳を向ければ、細くした視線で射貫かれた。ぞくりと背筋が震えたのは、乱れた前髪の向こう、田嶋の瞳がどこか獣じみて、明らかな欲情の色を湛《たた》えているのに気付いたからだった。

「う、うまそう……？　ひ、ぁあ……」

首筋に顔を埋められて、舌でやわらかくなぞられる。唇がするりとたどり着いた鎖骨の窪《くぼ》みを何度か往復してから、はだけていた胸元へと移動していく。

わずかな脂肪しか乗っていない白い胸を何度も手のひらで揉まれて、顔が熱くなった。先日こうされたときは、ただの身体測定だと思ったのに。

「ん、ん……っ」

「ヒヨコ、感じてるのか？　前にここに触れたときは、大丈夫だったのにな」

「え……、ぁ、あ……」

色の薄い胸の先端を口に含まれ、吸い上げられれば身体の芯が痺れた。くすぐったいはずの刺激は、もう羞恥《しゅうち》を超えた快感でしかなくて。こんなのは、初めてだった。

「あっ、やだ……、田嶋、さん……！」

「……嫌？」

「んっ、ちが、恥ずかし、恥ずかしい、です……っ」

胸元ではぴちゃぴちゃと濡れた音が響き続け、片手で細い腰のラインをなぞられていた。身体が疼いて仕方なくて、田嶋の顔に胸を押しつけるように腰が反ってしまう。

「や、ぁあ……っ！」

硬く尖った突起にふいに嚙みつかれて、口をつけたまま言われる。

「自分から、喰われにきたんだろ？　もう観念しろ、ヒヨコ」

「……っ、」

不穏な田嶋の言葉に、胸が痛いくらいにときめくのを感じる。

（そっか、食べられちゃうんだ、おれ……）

田嶋になら、そうされてもいい。そう思って、日吉はくたりと身体の力を抜いた。

「ん……っ、は、ぁ……」

胸元を吸いながら、田嶋の手のひらは日吉の腰や太ももをやわらかく撫でている。それが気持ちよくてうれしくて、もっとしてほしい、と思う。

（あれ？　おれ、触りたいって思ってたはずなのに、いつの間にか……）

触りたいという欲望が、気付いたら、触ってほしいに変わっていた。田嶋への憧れが、恋に変わったように。不思議なこともあるんだなと思いながら、日吉は田嶋のやさしい愛撫《あいぶ》に甘い吐息を漏らしていた。

「……っ、あ！」

しばらくとろりとした快感に夢心地でいた日吉は、田嶋の指先がパジャマのウエストに引っかかった瞬間、はっと瞼を開いた。下腹部に目をやると、潤みきった視界に入ってきたのは、田嶋の手がズボンの布地を下ろしていく光景だった。

「た、田嶋さん、おれ……っ」

「……もう苦しいくせに。なぁ、おまえも男だし、自分でここ触ったりする……よな？」

「っ、ん……！」

下着越し、すでに存在を主張している熱を指先で突かれた。田嶋の器用な指に先端をぐりぐりと弄《いじ》られて、同時に耳元で低く囁かれると、羞恥と快感が交じり合って混乱する。

「ぁっ、あっ、やだ……っ」

「脱がすから、腰上げろ」

「……ん……っ」

それなのに、田嶋の言葉にはそうするのが当たり前、と感じてすぐに従ってしまう。腰をそっと持ち上げれば、すぐにするりと下着とズボンが下ろされていった。

身体をずらした田嶋に、じっと脚の間を確かめるように見られているのがわかって、顔の火照りがさらに増した。完全に勃《た》ち上《あ》がったそこもじんじんと熱くて、痛いくらい。

「や、なんで？　田嶋さん、そんな、見ないでよぉ……」

「いや……なんか、想像つかないな。おまえの細っこい指が、ここに触んの」

「ん……？」

「言えよ。自分で触ってる？」

「っ、さ、触って……、触ってます、ほんとたまーに……だけど……」

元々性欲が薄い日吉は、叔父のマンションに自室がないことも手伝って、本当にたまにしか自慰をしていなかった。それで平気だったし、おかしいとも思っていなかった。

友人たちも日吉が初心《うぶ》ということを察しているのか、性的な会話を振ることもない。だから、こんなこと、口に出すのも本当は泣きたいくらいに恥ずかしい。

「ふぅん。たまに、だから溜まってんだろ。こんなすぐ……」

「あ……！」

熱い昂《たかぶ》りに、そっと田嶋の指先が触れた。先端の滑《ぬめ》りを人差し指でとろりと掬われて、何度か突かれる感触。ちらりと目をやってしまった先、ちょうど田嶋の指先と赤い先端に、つぅ、と粘った透明な糸が伝っていた。自身の興奮を思い知らされるようで、見ていられない。

日吉は両手で顔を覆って、ちいさく首を振った。

「ヌルヌル」

「ひぁ……、やっ、ゃ……っ」

くく、と笑い混じりの声がしたと思うと、手のひらでゆっくり、先走りを塗るように反り返った幹を摑まれる。そのまま上下に擦られて、びくんびくんと腰が跳ねた。

「やっ、んっ、ん……！」

「溢れてくる。ヒヨコにも発情期があるのか」

「あ、ちが、やぁ……っ、やだぁっ……！」

ちょっと触れられただけで、これだけでこんなになってしまうなんて、田嶋の手のひらはやはり器用なのだろう。

（おれ、変だ、怖い……）

気持ちいいけれど、自分の身体の過剰な反応が怖い。田嶋がすこし手を動かすだけで、必死に我慢しても腰がひくりと揺れてしまう。へたしたら、今にも達してしまいそうなくらいに中心が昂る。

ソファに横たわった身体を引こうとしても、力強い腕ですぐに引き戻される。仕方なく顔を両手で覆ったまま、うう、とちいさく呻《うめ》いて首を振っていると、頭上から田嶋のちいさな吐息が聞こえた。

「なんだか小動物をいじめてる気分になってきた。……怖いか？」

「っ、あ……、ちが……、おれ……っ」

指の隙間で、田嶋がふっと目を細めて笑った。

「わかった。怖いなんて思う暇もないくらい、気持ちよくさせてやるよ。おまえは目ぇ瞑《つむ》ってなにも考えずにただ感じてればいい」

「え……？」

田嶋の腕で、彼が思う体勢を取らされる。太ももを摑まれたM字開脚みたいなポーズを恥ずかしいと思うより先に、田嶋の顔が股間に落ちていった。

ちゅ、と性器の先端に口付けられた感覚があって、一瞬で頭が真っ白になった。

「あ、ぅ、うそ……、田嶋さん……っ、やぁ、ぁあ——……っ！」

ゆっくり、田嶋の熱い咥内にそこが包まれていく。嘘みたいで、現実味がない。けれど下半身に感じる息遣いはひどくリアルで、生々しかった。

「あ、あっ、そ、な……っ、おれ、あぁ……っ！」

すぐに始まった、口での激しい抽挿。じゅぷじゅぷ、と濡れたいやらしい音が自分の脚の間から聞こえて、耳を塞ぎたくなる。

日吉は身体を丸め、震える両腕を顔の前で交差させ、次々に襲ってくる快感に耐えた。大きく持ち上げられ、ゆらゆらと宙に浮いた両脚がときおり、びくんと跳ねる。

「ぁっ、あっ、だめ……っ、田嶋さん、それだめだ、よぉ……」

片手で根元から摩《さす》られながら、液を零し続ける先端を吸い上げられた。こちらの反応を見ていたのか、感じる部分を把握し始めた田嶋の口の動きは繊細で、簡単に日吉の頭をとろけさせた。

切なげな日吉のか細い声と、部屋に響く濡れた音が辺りの空気を濃く染めていく。

「ひぁ…、あ、ぁ、やぁ、田嶋さん……っ」

身体と同じく色素の薄い日吉の熱の、先端の淡い充血を田嶋の舌が何度もなぞる。ちいさな音を立てて繰り返され、とぷんと溢れた淫液を飲み込まれた。

（おいしい、のかな……）

透明な液をのばしながら、平たくした舌が脈打つ幹を伝う。食べられているというより、舐《な》めとかされているような。自分が美味しいキャンディーにでもなった気分で、日吉はそのひたすらに甘い快感に溺れた。

　もう気持ちいい以外になにも考えられなくて、ただ田嶋の言われるがままに感じて、腰をびくびくと痙攣《けいれん》させた。ふわりと開きっぱなしの口の端から透明な液が伝っても、それを拭うこともできずに甘い声を零し続けてしまう。

「あっ、ぁっ、だめぇ、おれ、出ちゃ……、もぅ、出るぅ……っ」

　田嶋の舌の上で、どくんと弾ける性器を感じた。もうだめ、と口にした瞬間、大きく根元から吸い上げられた。

「ひ、ぁ……、ぁあ、あぁ……」

　達した瞬間、腰を強く摑まれ、動けなかった。溢れてくる液をすべて搾《しぼ》り取《と》るみたいに、何度か唇で扱《しご》かれる。田嶋の喉が動くのを先端に感じて、はっとした。

「え……っ？　や、おれ、田嶋さんの、口の中にっ」

　痺れが残る上半身を起こしたときには、田嶋は無言で濡れた唇を指先でぐいと拭っているところだった。日吉は周りを見渡し、ソファの横のティッシュを一枚引き抜いた。

「た、田嶋さ、田嶋さんっ、やだよぉ、ここに、ぺってして……」

「ん？」

「あ……、うそ、飲んだ……？」

「あぁ。量が多いし、濃かったな」

平然とした顔で言う田嶋が信じられなくて、日吉は真っ赤になった顔を覆った。田嶋が笑いながら顔を寄せてくる気配がして、甘い香りが鼻を掠める。

「もっと定期的に触ってやれよ。ずいぶん、感じやすいみたいだし」

「も……、そんなこと、言わないでくださ、……っ」

文句を言おうと顔を上げれば、田嶋の細められた目元が色っぽくて、眩暈《めまい》がした。そのままでいられなくて、くたりと田嶋の肩に寄りかかる。

「どうだった」

「ん……、気持ちよかった、です……」

「そうか」

くく、と笑う田嶋の声がやさしい。

「田嶋さん……、おれ、ごめんなさい、頭がくらくらして」

「なんだ、もう限界か。まぁヒヨコにしてはがんばったか」

「え？　へへ……」

照れ笑いしながら、日吉は無意識に田嶋の胸元に甘えた。田嶋からする香りにほっとして、浅かった呼吸が深くなっていく。

そのあとはどんな会話をしたか、記憶が定かではない。

でも、意識が途切れる寸前まで、田嶋が背中を摩ってくれていたのは覚えている。身体に残る感覚とぬくもりは、そのまま眠りに落ちてしまってもまだ、リアルだった。

日吉が次に目覚めたときはもうソファの上ではなく、ベッドの上だった。見慣れた白い色のシーツは田嶋の家のもので、それにすこしだけほっとしながら、ゆっくり辺りを見回す。

(昨日の夜……、あれ?)

田嶋ととんでもないことをして、全身をくたくたにされた記憶があるのだけれど。食べられるみたいなキスをされ、したこともないようなポーズを取らされて、恥ずかしい声をあげて、田嶋の口の中で……とか。思い出すだけで顔が熱くなって、叫びだしたくなるような、いやらしい映像が次々と頭に浮かぶ。

でも、身体のどこを見ても、その淫《みだ》らな夜の形跡がない。パジャマもきちんと着ているし、風呂に入った記憶はないのに、肌に汚れもない。

「まさか……夢……?」

欲求が爆発して、変な夢となって現れた? 日吉が小首を傾げたとき、かちゃりとノブが回る音がした。肩を揺らしてドアの方を見やれば、甘いにおいと共に、昨日となにも変わらない態度の田嶋が顔を出した。

「あぁ、起きてたか」

「た、田嶋さん……、お、おはよ……ございますっ」

彼の姿を捉えた途端、頬にぶわりと熱が回った。おどおどと挨拶《あいさつ》をして、すぐにシーツに視線を落とした。いやらしい夢に勝手に出演させてしまったことが申し訳なくて、まともに顔が見れない。

「おはよう。……これ、朝食、食うか？」

「えっ」

田嶋との生活では、朝食は各自自由となっていた。とはいえ日吉は寝起きが悪く用意できないことが多いのだ。驚いて目をやった先、田嶋が持つプレートには、とろりとしたいちごジャムがかかった綺麗な形のパンケーキが二枚と、牛乳の入ったグラスが載っている。

「いいんですか？　わ、おいしそう……！」

「おまえ、いつも朝、食ってないだろ？　だから痩《や》せてるんじゃないかと思って。すこしでも栄養をつけたほうがいい」

「え、と？　あ、ありがとうございます」

どうして突然そんなことを？　ベッドサイドにプレートを置いた田嶋の顔を覗き見ると、どこか困った顔をしていた。

「田嶋さん？」

「正直、昨日、無理な格好させたかもしれない、とちょっと気になってる。……腰とか、どうなってる？　伸ばしてみろ」

「い……っ」

腰をぐっと伸ばすと、なぜか鈍痛が走った。じわじわとした痛みは昨日の夢で、田嶋に太ももを大きく持ち上げられ、身体を丸められたときに感じたものに似ている。――まさか。

「あれ、夢、じゃない……？」

「ア？　夢？」

真っ赤になった顔を覆って、指の隙間から田嶋を見た。ふっと目を細めて笑った妖しげな表情は見慣れないものだったけれど、昨日の夢――だと思っていたものの中では、何度か見たものだ。

「夢だったほうがよかったかもな。男に喰われるなんてな、いくら好きな男だからって、屈辱だったろ」

「え……っ」

好きな男、と言われて、心臓が跳ねる。

そうか、あれが夢じゃないとしたら昨日、自分は田嶋に――。

「ヒヨコ……雛鳥《ひなどり》の肉はやわらかいものだが、おまえもずいぶんやわらかい身体だったたな？」

くっくっ、と肩を揺らして言われて、腰回りを指差される。

「おまえが寝たあと、精液を拭きながら全身くまなく見せてもらった。前の身体測定の続きだな。ずいぶん痩せてると思ったが、そのくせ、尻の肉だけは妙にあるんだな、おまえ」

「……っ！」

梳《と》かしたばかりなのか綺麗な流れを持った田嶋の前髪の隙間から、ちらりと覗く瞳がいやらしくて——、身体に残った感触も卑猥《ひわい》で、日吉はベッドに潜って、赤くなった身体をぶるぶると震わせたのだった。

4

生まれて初めて、人に「好き」だと告白した。

人を好きになったこと自体は、初めてではなかった、と思う。小学校のころの同級生の女子や、姉の友達にほのかな恋心らしきものを抱いたりしてきた。

けれどこんなに激しく、心の奥がぼこぼこと沸騰したみたいに熱くなるのは初めてだ。身体の奥から溢れた気持ちが喉を抜けて、言葉になって溢れた。田嶋《たじま》さんが好き、と。

日吉《ひよし》は洗面所で手を洗いながら、水道から流れる透明な水を見ながらついつい考える。

(流れっぱなしの、だだ漏れ……)

水はコックを捻れば止まるけれど、自分の気持ちはまだ溢れて止まらない。

あの日から二週間もたったのに、日吉はことあるごとにその気持ちを再確認していた。

初めてした告白。それを相手が拒絶せず、おそらく、受け止めてくれた。だから浮かれているのかもしれない。田嶋からの気持ちは聞いていないけれど——日吉のことが嫌いなら、きっと、あんなことはできないと思う。

「うぅ……」

ちらりと視線を上げた先、鏡の中の自分はまだ顔が火照っている。手のついでに冷たい水で顔を洗ったけれど、熱は冷めない。

つい先ほど、日吉は田嶋に言われて初めて「石割り」という作業の手伝いをした。個展用に、メイン作品よりもちいさなものを何点か制作したいとのことで、大きな石を何等分かに割る必要があった。

庭に置いた石に電動のハンマードリルでいくつか穴を開け、セリ矢と呼ばれる金属の棒を差し込む。それを上からハンマーで叩くと、石にひびが入っていき、真っ二つに割れるのだ。差し込んだセリ矢をハンマーで打つのはドキドキするけど楽しくて、綺麗に割れたときには思わず歓声を上げてしまった。

うまくできました、と田嶋に報告すると、彼はにやりと口の端を上げた。それから「よくできたからご褒美をやる」という名分で、田嶋の指先が服の中に潜った。刺激に慣れていない日吉は簡単に快感を引き出され、あっという間に達してしまう。

あの日から田嶋はなにかにつけて、こうして身体に触れてくる。求められて、日吉が触れることもあった。拒んだことは一度もない。

(だからって、外で……)

アトリエの外からは見えない木陰とはいえ、明るい野外で快感に乱れるなんて、恥ずかしくて死んでしまうかと思った。

(でも、全然やじゃなかった。……うれしかったな)

触りたい、触ってほしいという欲が満たされるのは幸せだ。

田嶋に意地悪く微笑まれるたび、表情とは裏腹のやさしい指先で、剝《む》き出《だ》しの欲望に触れられるたびに、好き、という気持ちが溢れて止まらなかった。

午後は田嶋と石材店に向かい、足りなくなったという石の追加注文をした。田嶋が個展に向けやる気に溢れているのがわかって、うれしくなる。

今日の仕事はこれで終わりにしていいと言われていたし、ギャラリー・ウフが近場にあると気付いたので、日吉は田嶋と別れて叔父に会いに行くことにした。

その途中、姫野《ひめの》とばったり顔を合わせ、ギャラリー近くの並木道で、軽く近況を語り合う。

「え、織斗《おりと》の石割りを手伝ったって、ヒヨコちゃん、それ結構すごいことだよ？」

姫野が大きな瞳をもっと大きくして言ってから、「そっかぁ、あいつがねぇ」としみじみ頷いた。

「そ、そうなの、かな？　でも田嶋さんは、特になにも言ってなかったけど」

へへ、と日吉が笑うと、姫野はちいさく指を振る。

「マジだから。織斗ってほら、色々あってちょっと人間不信気味じゃない。だから、制作中の石を人に触らせることをすっごく嫌ってるわけ。その作業を任されたってことは、織斗はヒヨコちゃんをかーなーり信頼してるんだわ」

うんうん、と頷く姫野は、なんだかうれしそうだ。

「んー、そうだったら、うれしいなぁ。すっごく楽しかったし、割りたての石、きらきらしてかわいかったっ」

「かわいい～？　加工前の石が？」

「あ……、うん、なんか、そんな感じがしたなーと」

「へぇ～。面白い感性。いいなぁ」

大理石は割ると、ふわりと潮の香りがした。どうしてと問うと、海中の生物の死骸が積もり重なってできたものだからと田嶋がぺらぺらと説明してくれたけれど、メモを取る手が追いつかなかった。そのことを思い出し、くすりと笑ってしまう。

「あー、なんか、ヒヨコちゃん最近楽しそうで、前よりかわいい。……ねぇ、ちょっと聞いていい？」

「ん？」

「……した？　織斗と」

思い出し笑いで顔をほころばせているところに姫野のひそりとした囁きが聞こえて、日吉は思わず咳き込んだ。真っ赤になった顔を伏せ、涙目でけほけほとしていると、姫野が目を細め、妖しい含みを持った笑みを浮かべた。

「したんだ～。まぁ多くは聞かないけど……織斗って、半端なくしつこいでしょ」

「や、姫野さん、もうっ！」

やめてください、と頰を膨らませて顔を伏せれば、姫野が焦った声を出しながら、日吉のふわふわの丸い頭を撫でる。

「ごめんってば、許して」

「おれがそういう話題慣れてないの、姫野さんも知ってるくせに……」

「だってヒヨコちゃんかわいいんだもん、いじめたくなるんだもん～」

ふふっと笑う姫野こそ相変わらずかわいいけれど、今はすこし意地悪な瞳をしている。唇を尖《とが》らせてそれを見ながら、赤い顔の日吉は内心、田嶋さんと同じこと言ってる、と思った。

姫野と別れたあと、ギャラリーにいる叔父のところに顔を出す。

近況を語っていると、入り口からあの竹内《たけうち》が入ってくるのが見えて、ぎくりとした。姫野と一緒じゃないときに会ったのは初めてだ。

こっちに来るのかと内心ひやひやしていたけれど、竹内は叔父に会釈をすると受付のカウンターの中に入った。

（え……なんで受付に？）

竹内から叔父に視線を戻し、とまどいの視線を向ければ、叔父はすこし困ったような顔で笑った。それから小声で、「受付の臨時バイト、彼も応募してきたんだ」と耳打ちした。

驚いたけれど、竹内が近くにいるのでそれ以上のことは聞けなかった。叔父も察してくれて、軽く肩を叩きながら「また今度」と囁いた。

話しかけられる前に退散したい。そう思ったのに案の定、受付を通り過ぎるときに声をかけられてしまった。

「あれ、君は」

「た、竹内さん……こんにちは」

精一杯の笑顔を作って挨拶《あいさつ》をする。「ああ」と頷いた竹内の雰囲気は、いつもより穏やかな気がした。田嶋や姫野がいないからだろうか。

(でもだめだ、やっぱり苦手だ……)

叔父や姫野のように、この男にやさしく接することができない。竹内は竹内なりになにか葛藤《かっとう》があるのだろうけれど、無理だ。

(好きな人の悪口言う人なんて、苦手に決まってる)

できれば顔も見たくない。さっと視線を外し、その場を去ろうとしたときだった。

「君、田嶋のところに寝泊まりしてるんだってね」

なんとなく、竹内にだけは知れたくなかった。ぽかんとする日吉を見て、竹内はふっと鼻で笑ってから、受付カウンターを指差して言う。

「よくやるよ。あんな男の手伝いより、ここの受付バイトのほうが楽しいだろうに。……まあいいけど」

がんばって、と続けた竹内は上機嫌に見えて、逆に不気味だった。瞳の奥に得体の知れないものを感じ、身がすくんでしまう。日吉はぶるりと背筋を震わせながら会釈して、早足でギャラリーを出た。

　アトリエに戻ると、田嶋が中央のいつもの椅子に座り、スケッチブックを広げていた。工具ではなく鉛筆をさらさらと滑らせるその手が珍しくて、日吉はついつい、また飽きずに見てしまった。

　しばらくして、田嶋ははぁ、というため息と共にペンを置いた。

「おい。見てわかると思うが、今の俺は削りじゃなくデッサン中なんだ。石に触っているときより断然集中力に欠ける。イコール、おまえの行動が気になる」

「あ、ご、ごめんなさい！」

　思わずとろんとした瞳で見つめていたのに気がついて、日吉はぶんぶんとかぶりを振った。

　確かに、今の田嶋はいつもの水中深くに潜るような張り詰めた空気ではなく、どこかやわらかな雰囲気を纏っている。謝りながらもその手元を見てしまって、ふと疑問が浮かんだ。

「あ、あの！　ひとつ質問、いいですか？」

「まぁ、中断しちまったからな。聞いてやるよ」

「彫刻にも、デッサンって必要なんですか？」

「当然だろ。立体を把握するために描くんだ。石を彫る前には、絶対にその形をデッサンしてから始める」

　うんうん、と頷いて必死にメモを取っていると、頭のてっぺんに痛みを感じた。ん、と瞳だけを上げて見ると、眉間《みけん》に皺《しわ》を寄せた田嶋が指先をつむじに当ててぐりぐりしていた。

「痛い……」

「おまえなぁ、最近特に、なんでもかんでも俺に質問するけどな。たまには本でも読んで自分で調べてみろよ。この家の書斎、自由に使っていいって言ってあるだろ？」

「う……、ごめんなさい、つい」

指先が手のひらに変わり、癖のある猫っ毛をわしわしと撫でられる。くすぐったくて、田嶋の手だと思うとつい、胸が疼いてしまう。

「ん……、へへ」

「……なに笑ってんだ。なぁ、ヒヨコは俺のこと親鳥だと思ってないか？　なにしてても横にいるし、ピヨピヨ後ろついてくるし、俺の言うことならなんでも信じるだろ」

確かに、最近は毎日のほとんどの時間を田嶋と過ごしていた。土日は休みと決まっているのだけれど、田嶋が気分転換に映画や美術館に行くと言えば断られない限りどこへでも行っていた。映画も美術館も日吉には難しく、理解できないようなものばかりだったけれど、終わったあとにカフェに入り、パンフレットを眺めながら田嶋に細かく解説してもらえるのが楽しみでもある。

「だ……だって、田嶋さんは物知りだし、嘘つかないし。め、迷惑、ですか？」

不安になって田嶋を見ると、眉根をきつく寄せてなにかを考える顔をしている。なんだろ、と首を傾げれば、はぁー、と田嶋が長い息を吐いた。

「俺はいいんだが……、前にも言ったが、おまえはすこし人を疑うことを覚えろ。そんなんで、今までよく無事に生きてこれたもんだな」

「えっと、まぁなんとか……、あ……」

田嶋の手が離れていくのを見て、つい物足りない、という目でその手を追ってしまった。その行動が恥ずかしくて頬を染めれば、田嶋は額に手を当ててなにやら小声でぼやいている。

「……四人の姉とやらがガッチリガードしてたのか？　こんなのがふわふわしてたら、即捕食されそうなもんだが……いや……」

「田嶋さん？　あ、そろそろ五時ですね。今日の夕飯はなににしましょうか」

ぶつぶつと言う田嶋がおかしくて、くすりと笑いながら顔を覗き込んだ。

すると田嶋はさらりと前髪を掻き上げ、急に鋭くなった瞳でこちらを見る。

「甘いものが欲しくなった。……ヒヨコ」

腰に響くような低い声で言われて、ぞく、と身体が震えた。

腕を引かれリビングに連れていかれると、すぐにソファの上にころんと転がされる。開いていた唇が塞がれて、田嶋に上からキスを仕掛けられた。その間に器用な指先が日吉のシャツを剝《は》ぎ取《と》っていて、気がつくと自分だけが裸、ということが数日続いている。

田嶋と肌を重ねて十日ほど。行為の度合いは違えど、ソファでの戯《たわむ》れは日常化していた。

「……っは、ん、ん……、ぅ……っ」

舌を甘く吸われて、食べられているような、ねっとりとした田嶋のキス。気持ちがよくて、それだけで日吉は腰がひくひくと揺れてしまう。大きく開いた脚の間、田嶋の膝がそこに不規則で意地悪な刺激を与えてくるのも、泣きそうになるほど気持ちがいい。

「はっ、ぁ、ん……、膝、や、やだぁ……っ」

「もう勃《た》ってる、おまえ。どんだけ感じやすいんだ」

「ん、ん……っ、や……っ」

胸にうっすらと乗った脂肪の膨らみを、何度も何度も手のひらで揉まれて、恥ずかしさに涙が滲む。そんなことをしても、女性のような胸の膨らみはないのだ。

「や、や、田嶋さん、やだっ、おれ、おっぱい……、ないって言ってるのに……」

「だから、なくていいんだ。……ないほうが抱き合ったとき、密着できるだろ。それに」

「ん……っ！」

かり、と先端の尖りを指先で引っ掻かれて、腰が浮いた。今度はこりこりと粒を転がされて、次第に赤みを増すそこが、熟れて熱くなる。弄《いじ》られるたびに感度が増して、今ではもう、完全な性感帯だった。

「おまえのここ、舐《な》めると甘いから。膨らみなんていらない」

「あっ、ぁあ…っ、ぁ……っ」

　言いながら突起を唇に食《は》まれて、それから強く吸い上げられる。音を立てて味わうように舐めたり、赤ちゃんがするように吸われたりしていると、とろとろとした快感に全身が小刻みに揺れだした。

「あっ、ぁっ、んっ、だめ、田嶋さん……、もう、こっち……」

　脚の間で昂《たかぶ》り、液を零すばかりの熱が切なくて、限界だった。そっと指先で触れると先端がひどく濡れていて、はしたなさに泣きたくなる。

　もう乳首を弄るのをやめて、こっちにも触れてほしい。そう思って腰を揺らしても、田嶋は唇で笑うだけで、動いてくれない。途端に視界がぶれて、涙がぶわりと溢れる。

「た、田嶋さんて、ほんとひどい。いじわる……、意地悪、だ……っ」

「まぁな。ヒヨコが……そうやってかわいいから、いじめたくなる。悪いな」

　ふっと笑って、それでもまだ熱に触れてくれない田嶋は本当に意地悪で、でも、そういうところも好きだな――、と思ってしまう。

「あと三分、我慢できたら。そのあとは、ぐっちゃぐちゃにしてやるよ」

「……――っ」

　耳元の囁きに、ちいさく喉を鳴らして、涙を堪えて頷く。「いい子だな」と耳たぶを噛まれれば、期待に震える日吉の熱がびくんと脈打って、白い太ももに透明な液を滴らせた。

「あ……、ぁ…っ、あ、ん……」

（おれは、田嶋さんが好き、だけど……。田嶋さんはおれのこと、どう思ってこんなこと、するのかな）

田嶋の気持ちが知りたくて、快感に震える手でぺたぺたと彼の身体に触れる。

言葉が欲しい。沸き上がってくる、新たな欲求。

シャツ越しに広い背中を撫でていると、田嶋がふっと笑った。そのときのやさしい田嶋の瞳が、日吉は好きだと思った。

田嶋が以前言っていたように、自分も言葉にできない頭の中を、形にしたい。

だからありったけの気持ちを籠めて、田嶋に貰った石に刃を当てる。

「なんか違う。田嶋さんの彫る石は、もっとこう、表面がえろい感じに生々しいし」

田嶋のアシスタントの仕事が上がり、風呂に入ってから寝るまでの間の一時間程度の作業。それでも田嶋直々に指導してくれたおかげで、日吉は数週間で普通に石を削れるレベルにまで成長した。

「一応形にはなってる。でも単純にへた、だよなぁ」

ぽつりと呟き、田嶋に借りたちいさな作業台の上のクリーム色の石を見つめた。数週間の付け焼き刃で、田嶋と同じようなものが作れるとは思っていないけれど。それにしても、だ。

頭に浮かんだ完成図には程遠い、いびつな形をしたそれを指先でちょんと突《つつ》く。

「こいつも、これじゃ恥ずかしいよぉ、もうちょっとどうにかしてーって言ってる気がするよ……」

ころりとフローリングの床に転がり、ベッドサイドの田嶋の作品に目をやる。綺麗な曲線のみでできた、抽象的な鳥の像。

「あれが理想の感じなんだよなぁ。……田嶋さんに、滑らかにするコツを聞いてみよっかな。もう十二時過ぎだし、寝ちゃったかな……」

田嶋の部屋の方を見ていると、つい、瞳がとろりと潤んでしまう。

いまだ、開いたところを見たことがない田嶋の部屋のドア。中を見ることができる日がいつか、来るのだろうか。

田嶋の日吉への態度は以前に比べずいぶんやわらかくなり、彼の心の壁のようなものは、確実に薄くなっていると思う。

日々の触れ合いの中で、初めて知ったこともたくさんある。

田嶋はひどく意地悪だけれど、ひどく甘いのだ。長く焦らされ、日吉の内ももに伝う透明な筋が幾重にも増えたころ、ようやく昂《たかぶ》りに触れてくる指先は驚くほどやさしくて、激しい。しつこく焦らされたあとは、自分をめいっぱい甘やかしてとろけさせてくれる。

そういうときの自分を見る田嶋の瞳はあたたかく、性欲だけじゃない、それ以外のものを感じる気がする。これがただの自惚《うぬぼ》れなのか、それとも真実なのか、日吉にはわからなかった。

(今日は……、石材の業者さんが来たりしてたし、忙しかったからかな。田嶋さん、触ってこなかった)

あの手に触りたい、という欲が、たった数週間で、こんなことになってしまうなんて。

(触ってほしいな。おれって、こんなに欲張りな奴だったんだ)

欲が薄いなんて思っていたのは、自分の勘違いだったらしい。毎日触れられているのに、まだ足りないのだろうか。もっともっと、と心と身体が田嶋のぬくもりを欲してしまう。

(一番欲しいのは、田嶋さんの言葉かもしれないけど……聞けないよ——……)

むずむずと疼き始める身体を丸めて、意味もなく部屋を転がる。けれど、悶々《もんもん》とした気持ちは消えなかった。

このままじっとしていると、自らを慰めることになりそうだ。田嶋が寝ている向かいの部屋で、そんなことはできない。日吉は床に頭をつけたまま首を振った。やわらかい髪がくしゃくしゃになったけれど、気にしていられない。

「……あ!」

ふといい考えが浮かび、日吉は身体を起こした。

（そうだ、そうだ。おれ、なかなか冴えてる）

田嶋の部屋のとなりにある書斎は「見たければ勝手に見ろ。ただし、本を汚したらただじゃおかない」という説明を受けていた。けれど、いまだに入ったことがなかったのだ。先日、田嶋に知りたいことは自分で調べろ、と言われたのを思い出し、日吉はいそいそと自室を飛び出し書斎のドアを開けた。

日吉の部屋の半分ほどの広さに、みっちりと本棚が並んでいる。ほとんどが美術書で、彫刻、絵画……、と細かくジャンル分けしてあり、田嶋の性格がきっちりと表れていた。

「えーと、彫刻……、木、じゃなくて、石……。あ、あったっ」

目当ての石彫刻の入門書を見つけ、ぱらぱらと中を確認した。表面仕上げの方法が詳しく載っており、これだ、と日吉は口の端を上げた。

部屋に戻ってゆっくり読もうと踵《きびす》を返したとき、部屋の端に、本や紙の束がランダムに押し込まれたカラーボックスを見つけた。田嶋にしては珍しい乱雑な様子が気になって、そこに立ち寄る。

田嶋のアシスタントをするようになって、日吉にも整理整頓の癖が付き始めていた。綺麗にしていると、その場の空気が整うと知った。

「片付けて、いいかな……。いいよね、たぶん」

気になって仕方なくて、日吉はその中身を収納し直すことにした。ほこりが立たないように下ろしてみると、そのほとんどが古いスケッチブックだということに気付く。

(あ、そっか。彫刻にはデッサンも必要って言ってたもんね)

田嶋の彫刻も好きだけれど、すこしだけ見たデッサンも好きだった。日吉は思わず、一冊のスケッチブックを手に取り、中を開いた。

ランダムに開けた一ページ。そこには、どこか見覚えのある人物が描かれていた。

「……──え？」

心臓が、ごとりと嫌な音を立てる。

さらりとしたストレートの髪に、大きな瞳。描き手に向かって微笑む顔は、かわいいというより、どちらかといえば美人──。

開いたページに描かれていたのは、女性と見紛《みまが》うほど美しい男性。今よりもすこしだけあどけない顔で自然に笑う、姫野だった。

「あ……、そ、そっか。ふたりは、同じ美大だったんだもん。詳しくないけど、同じデッサンの授業で、描き合うこともあるのかも」

わざと声に出してぶつぶつ言いながら、落ち着け、と胸を押さえる。

ここでやめればよかった。頭の中で危険信号が明滅しているのを感じていたのに、それでも気になって、次のページをめくってしまった。

「……──っ」

ぞく、と指先が震えた。次のページも、また違う角度から描かれた姫野だった。また次のページも、さらにその次も。

「こ、これ……、ぜんぶ……？」

ぱらぱらとめくったページすべてに、姫野がいる。

「まさか……」

思い立ち、別のスケッチブックも確認する。

嫌な予感は的中してしまう。十冊以上あるそれらはすべて、姫野を描いたデッサンだった。手のひらを通して絵から伝わるのは、彼らの精神的な強い繋《つな》がりだ。姫野が描き手に向けた、気取らない笑顔。信頼で結ばれた関係。日吉の知らない、ふたりの時間。

日吉は最後の一冊をぱたんと閉じ、すべてを元通りに押し込んだ。

（嫌な感じがする……イライラしてる）

胸に込み上げる気持ちが苦しくて、腹の奥がじわじわと熱くなる。慣れない感情が湧いてくる。でもこのもやもやの正体はわかる。

この気持ちは、嫉妬《しっと》だ。

姫野は悪くないし、田嶋だって悪くないだろう。昔の思い出を大切にしているだけかもしれない。そう頭ではわかっていても、心がついていかなかった。

（……おれ……、やだな……）

どうしてもう別れて数年たつのに捨ててくれないんだ、とか、残すなら残すでおれの目の届かないところにしてほしかった、とか。田嶋を責めることばかり考える自分が嫌だった。自分の中にこんなに汚い感情があることを、日吉は知らなかった。


翌日の空は、地上を覆うように広がる灰色だった。

気温だけは夏を感じさせる暑さになったその日、日吉は寝不足の瞼を擦り、アトリエの庭で田嶋の指示を待っていた。

「明日から中型作品に取り掛かろうと思う。俺はこっちで粗削りしてるから、ヒヨコはここでこの石を均等に三つに割ってくれ」

「はい」

こくりと頷いて準備に入ろうとしていると、田嶋がじっとこちらを窺っていた。

「おまえ、いつにも増してぼーっとした顔してんな。大丈夫か？」

「あ……、は、はい、ごめんなさい」

大丈夫ですと笑顔を作って見せれば、田嶋は眉を寄せていたけれど、しばらくして「頼んだぞ」と言って自分の作業に入っていった。

（あっつい……）

七部袖のTシャツの裾をめくって、顔に張りつくふわふわの猫っ毛を払う。それでも湿度が高く、じめじめとした空気が身体にまとわりつくようで、不快感は拭《ぬぐ》えない。

胸の奥のもやもやは一向に晴れず、気分は今日の雲の色のようにどんよりとしている。日吉は空を仰いで、ちいさく目を細めた。

一面の灰色――。

ふと、先日の休みに田嶋についていった美術館で見た、とあるアーティストの作品を思い出した。

ドイツ最高峰の画家だという彼の代表作。大きなキャンバスは一面、灰色の筆跡で覆われている。中心に向かって渦を巻くようなそのストロークは歪んだり途切れたり、ぼけたりしていて、見つめていると視界が揺らぐような、不思議な感覚に囚われる。日吉はなんとなく不安になり、横にいる田嶋のシャツの裾を摑んだ。

そのあとで、田嶋はその画家の灰色への追求について教えてくれた。彼は灰色について問われると、「無関心に対応する唯一のもの」と答えたという。

（無関心って、寂しい言葉だ）

あのスケッチブックに描かれた姫野のデッサンは、当時の田嶋の気持ちを表現したものだろう。尊敬に近い好意。

田嶋は気持ちを言葉にするのが苦手だと言っていたし、きっと愛も、作品で伝えるのだ。

(そうすると田嶋さんは、おれに伝えたいこと、ないってことだよね)

目の前に広がる空いっぱいの灰色。

もしかしたら田嶋は、自分について無関心なのではないか。そんな悲しい考えが頭によぎる。勝手な想像で息が詰まって、鼻の奥がつん、と痛んだ。

自分のことをどう思っているか、気になるなら田嶋に聞けばいい。そう思うのに、とてもじゃないけれど、言えそうになかった。

(おれって、こんなに臆病な人間だったんだなぁ……)

ヒヨコは悩みがなさそうでいいよな、と友達にはよく言われていたのに。能天気でなにも考えてなさそうな不思議くんと言われ、ふわふわとした日々を過ごしていた。

あのころは自分以外の人間のことを考えてこんなに胸が痛くなるなんて、思ってもみなかった。

(だめだ、仕事しなきゃ)

ぐすりと鼻をすすって、作業に必要な道具を準備する。田嶋から頼まれた石割りは二度目の挑戦で、前回やったあとにメモを見ながら復習もして、手順はばっちり頭の中にあった。

田嶋が前もってつけてくれた印に沿って石に穴を開け、セリ矢を差し込む。三等分する石材もまた灰色で、日吉の瞳が潤んだ。瞼を擦って、石を割ろうとハンマーを振り上げたときだった。

「……ア？　ヒヨコ、ちょっと待て！」

離れたところで石を削っていた田嶋が、大きな声を出した。

日吉のハンマーを持つ手がびくりと跳ねる。動きを止めれば、田嶋がものすごい勢いで駆け寄ってきた。

「馬鹿っ、おまえ、保護眼鏡！」

「……え？　あ……っ！」

そうだ。石割りの際は石の大きな破片が飛ぶこともあるので、目を保護するために強化ガラスでできた保護眼鏡をするよう言われていた。うっかりしていて、着用を忘れてしまっていた。

ぽかんとしていると、頬をぴたりと軽く叩かれる。それから、田嶋が深々としたため息を吐《つ》いた。

「……危ないだろうが。ぼんやりしてるからだ」

「ご、ごめんなさい……っ、おれ……っ」

我に返ると、ハンマーを持つ手が震えた。大事な田嶋の作品の素となる石材を扱っていたというのに、自分のことばかり考えていた。それに、こんなことで怪我でもしたら、余計に迷惑がかかるのに。

「ヒヨコ。なにを考えてたのかは知らないが、上の空で石に触るのはよせ」

田嶋の真摯《しんし》な言葉が、ずしりと胸に重く圧《の》し掛《か》かる。日吉は「はい」と上擦る声を出して、顔を伏せた。

「今日はもういいから、休め。……朝から顔が赤かったな。熱でもあるんじゃないのか」

「あ……」

ひやりとした田嶋の手のひらが額に触れる。田島に触れられる心地よさに泣きたくなって、日吉はさっと顔を背けた。

「だ、だいじょぶ、ですっ。ごめんなさい。じゃあおれ、先に上がらせてもらいます」

田嶋に背を向けながら、一瞬見えた彼の表情はなにかを探るような、難しい顔だった。

日吉は庭を駆け抜け自室に戻り、ベッドの上でうずくまった。

「……っ、ふ……」

ミスなんて、珍しいことではなかったのだ。今でこそないが、ここに来た当初は毎日のようにおかしな失敗をしては田嶋に怒鳴られていた。厳しい言葉もたくさん聞いたけれど、役に立ちたい一心でここまでくじけずにやってきた。

「う、ぅ……――っ」

なのに、今日に限ってこんなに落ち込んでいるのはどうしてなのだろう。伏せた瞼の奥から、大量の涙が溢れて止まらない。細い肩がひくひくと跳ねて、掴んだシーツがくしゃくしゃになる。

原因なんて本当はわかってる。あのデッサンを見たからだ。

(おれの馬鹿)

今日の田嶋は怒らなかった。

怒鳴るでもなく、冷静に自分を諭す田嶋の声が頭に響いたまま。

田嶋に、面倒な奴だとうんざりされるのが怖い。

(姫野さんなら、こうはならないんだろうな)

寝不足も相まって、どんどん悪い方にばかり考えが向かっていってしまう。

真っ白なシーツにぽたぽたと水滴が落ちて、灰色の染みを作る。その模様を眺めていたら、いつの間にか眠りについていた。


——目が覚めたのは真夜中だった。

寝不足が解消されたからか、思考はクリアに戻っている。シーツの灰色の染みも、乾いて消えていた。

日吉が覚醒して一番に思ったことは、「田嶋さん、夕食どうしたのかな」だった。我ながら呆れるくらい、田嶋が好きなのだ。

(なんか……田嶋さんの顔、見たいな……)

無欲な日吉の一度感じた欲求は深く、なかなか身体から出ていってくれない。もう怒った顔でも、呆れた顔でもよかった。灰色の空みたいに、無関心以外ならなんでもいい。

（でも一番好きなのは、おれに触ってるときの、田嶋さんの顔、かな……）

自分に覆い被さり、意地悪なことを言って器用な指先を滑らせる。そのときの田嶋の表情は色っぽくて、かっこいい。

ふへへ、と笑って恥ずかしい思い出を浮かべていると、ふと、そういうときの彼の瞳が脳裏に蘇ってしまう。

乱れた黒髪の向こうから、こちらを射る黒い瞳は熱く鋭くて、ひどく官能的だ。それだけで自分の身体が貫かれたみたいな気分になる。

（そんなこと、されたことないけど。姫野さんが言ってた『した?』っていうのは、セックスのことなのかな）

田嶋との触れ合いは舐めたり、触ったりというものだった。けれど、男同士でも挿入できるというのは、風の噂か、性に疎い日吉もなぜか知ってる。

（好き合ってないと、できない行為なのかもしれないな。……おれは田嶋さんのこと好きだけど、田嶋さんはわかんないし。それに、あんなスケッチブックを残してるくらいだから、もしかしたら、まだ……）

田嶋は、姫野のことが――。

そこまで考えて、すぐにその考えを打ち消した。また、ネガティヴ思考のループにはまってしまう。

ちらり、確認したベッドサイドの時計は午前二時を指している。その横にちょこんと置かれた田嶋の作った鳥の像は、いつもどおりやさしい空気を出していた。

救いを求めるように、両手でそれを掴む。ぎゅっと胸に包み込めば、すぐに体温に馴染んだ。

(……なんとなく、がんばれって言ってくれてる気がする)

もちろん、気のせいかもしれない。日吉のこのアニミズム的な性質は、元々掴み所のないものなのだ。都合よく解釈して、それで立ち直れたらそれでいい気がする。元々うじうじするような性格ではない。静かに落ち込んでいるのは性に合わないのだ。

(田嶋さんに、今日のこと改めてごめんなさいって言おう。それで、聞いてみよう。スケッチブックのこと)

日吉は布団の中でばたばたと身体を動かしてから、決意をして立ち上がった。

「た……田嶋さん、あの、起きてますか……?」

田嶋のドアの前に立ち、ちいさくノックした。

静かな廊下に軽やかな音が響いて、日吉の心臓もドキドキと速くなる。

しばらく待ったものの、反応がない。

（寝てるのかな……）

もう一度ドアを叩く。声もかけたけれど、返事はなかった。

（……やっぱり、だめかな。田嶋さんは、絶対に中を見せてくれないし）

夕食を知らせるときも、ノックすればわかるから、すぐにリビングに戻れと言われているのだ。

そこまで徹底して日吉を中に入れないのは、なにか理由があるのだろうか。

（おれに見せられないなにかが、あるのかな）

思った途端、じわりと瞼の奥から熱いものが込み上げた。鼻がつんとして、痛い。

「……っ、ぅ……」

全身にぐるぐると回る悲しい気持ちが、辛かった。ひくりと肩を揺らして、両手で顔を覆った。ドアの正面に、ぺたんと座り込む。

まずいと思うのに止まらなくて、ひっくひっく、子供みたいな声が漏れてしまう。慣れない悩みに感情が溢れて、日吉は涙が止まらなかった。

物音ひとつしない廊下に日吉のしゃくりあげる声が響いて、数分したころだった。

「……おい」

ドアの向こうから、明らかに不機嫌な田嶋の声がした。

はっとして、一瞬呼吸が止まった。田嶋が中にいる。

腰を上げようとするのに、うまくいかない。日吉が真っ赤になった瞳をごしごしと拭っていると、開かずの扉だと思っていたそこが——、田嶋の部屋のドアが、薄く開いた。薄暗い廊下に一筋、やわらかな光が差す。

「……おまえ、なにしてんだ……?」

呆れた、といった調子の声。たった数時間ぶりなのに、低い響きが胸にじわりと染みて、たまらない気持ちになった。

「馬鹿」

言葉と裏腹に声は甘い。田嶋はその短い一言だけで、日吉の全身に渦巻いた悲しい気持ちを一蹴する。

ゆっくりと出てきてそっと日吉の腕を取った田嶋の手は、いつも以上にあたたかかった。親鳥が迎えに来てくれた、そんな気がした。

「立てよ。こんなとこでメソメソ泣かれてたら、進むもんも進まないだろ」

田嶋の腕に支えられ、ぐしゃぐしゃになった顔を隠しながら、なんとか立ち上がる。ぐっと脇に手を入れられただけで、なぜか身体が反応した。田嶋はきっとそれに気付いているけれど、なにも言わなかった。

驚くほどあっさりと入室を許された田嶋の部屋は、日吉の部屋と対照的な造りだった。日吉の部屋の家具の白い部分が、すべて黒でできている。壁は同じアイボリーで、ベッドシーツは黒。ちいさなローテーブルが置いてあり、その上のライトだけが部屋を淡く照らしている。ノートや難しげな本が辺りに置かれているけれど、散らかっている印象はない。

「座れ、そこ」

「あ、はい……」

ぐす、と鼻をすすって、言われたとおりに田嶋の座る横に腰を下ろした。

田嶋はテーブルの前に座り、なにか調べ物をしていたらしい。ちらりと見たところ、個展用の空間デザインについての勉強のようだった。

姫野と無関係のことでよかった、と心の中で思って、日吉はがっくりと頭を下げた。

(せっかく、初めて部屋に入れてくれたのに、またそんなことばっか考えて、おれ……)

じわり、と再度涙が溢れかけたのを、急いで拭う。

「で、なんの用だ。なんで泣いてる」

「あ……」

こちらを見る田嶋の視線は、責めるものではなかった。どことなくとまどったような、遠慮がちな瞳。

日吉はスケッチブックのことを言おうとしたけれど、聞くのが怖いのか、唇が動いてくれなかった。だから、まずは今日のことを謝ろう。そう思って、口を開く。

「今日の、こと……、謝りたくて……。おれ、田嶋さんの石に触ってるのに、ぼっーとしてて、ごめんなさいっ」

ぺこりと頭を下げれば、田嶋が「ん？」と訝しげに言った。

「そんなこと気にしてたのか？　おまえ」

本当はそれだけじゃないけれど、やっぱり、言えなかった。ぐっと喉が詰まるようになって、また泣いてしまいそうでだめだった。

「今日は朝から、なんかおかしいなとは思ってた。でもおまえがそういうふうに落ち込んでるところを見たことがなかったし、俺には理由が不明すぎて聞けなかった。ちょうど忙しかったしな」

「ご、ごめんなさい……」

「別に、もう謝らなくてもいい。でも俺の部屋の前で泣かれるのは困る」

その顔が本当に困ったふうで、珍しいなとまじまじ見てしまう。いつもはきりっと吊り上がった眉が、下がっているのが新鮮で、思わずへらりと顔が緩んでしまった。

「……おまえ、なに笑ってんだよ。おまえのせいで仕事が進まないんだ、どうしてくれる」

「わ、わっ、ごめんなさいっ」

今度は頬をつねられて、指先でぷにぷにと弄られる。

仕掛けられたのはただの子供の喧嘩《けんか》なのに、田嶋の器用な指先で肌に触れられると、日吉は身体の芯が疼いてしまう。それに気付かれたのか、潤んだ瞳の奥を無言でじっと見られて、たまらなくなる。

「た、田嶋さん、やだ……」

「なにが」

つねられていた頬を、今度はやさしく撫でられる。途端にびくんと身体が跳ねて、吐息が甘くとろけた。

「あ……」

「……明日までにオーナーに個展の件で提出するものがあるんだ。たぶん、あと一時間もすれば終わるが」

そっとぬくもりが離れていく。

「待てるか？　終わったらゆっくり、泣いてた理由、聞いてやるよ」

田嶋の気遣いがうれしい。日吉は涙を拭って、頷いた。

そうして何分たっただろう。部屋には、田嶋がペンを走らせる音と、時計の針が進む音だけが響いている。さらさら、カチカチ。

日吉は田嶋の向かうテーブルの横に座り、もぞもぞと落ち着かない身体を持て余しながらそれを見守っていた。

田嶋がいつもノミを持つ左手は今、ノートを支えるだけの役目だ。

（なんか、もったいないな……。あの左手は、すごいのに……、ただ、ノートを持ってるだけとか……)

おかしな理屈だけれど、「触れてほしい」という欲求が溢れて止まらない日吉の思考回路は、そんな考えを叩き出した。この部屋に入った瞬間からじわりと溢れ始めていたそれは、すでにコックがおかしくなって、だだ漏れの流れっぱなしだ。

田嶋の左手が、空いている。そう思ったら、もうだめだった。

「た、田嶋さん……」

「アー? ちょっと待て、今いいところだから。気が散る」

「違うの、その……、邪魔しない……、から……っ」

欲しくて欲しくて、声を出すだけで嗚咽《おえつ》が漏れそうだった。ひくひくと肩を揺らして田嶋の横に寄り添うと、日吉が普通ではないと気付いたのだろうか、田嶋がペンを動かす右手を止めた。

「……なんだ」

「あの……、その、……左手、だけでいい、から……っ」

「ア?」

「左手、だけでいいから。おれに、貸してください、お願い……っ」

ノートの上に置かれた手を包むように両手で触れて、顔を伏せた。無言で答えを待っていると、頭の上でふっと息を漏らす音がした。

「……左手だけでいいんだな。邪魔しないなら、かまわない」

「は……っ、はいっ、絶対しないです、おれ……っ！」

日吉はとろんとした顔で言って、すぐに田嶋の左手を持ち上げた。

ぶらんと力の抜けた手に顔を寄せて、いつかの日のように頬擦りをした。泣いて火照った頬は熱くなっていて、田嶋の手のひらが冷たくて気持ちがよかった。

「きもちいいー……、へへ」

くすくす笑うと、田嶋が呆れた声を出す。

「おい、おまえな……、なんか変なもんでも食ったんじゃないのか」

「あ、そういえばおれ、今日、なにも食べてない……」

そう気付くと、きゅう、と日吉の平坦な腹が切ない声で鳴いた。自覚した途端に活発に動き始めるなんて、自分の身体ながら素直すぎると思う。でも――、お腹が減った。

「ヒヨコ、おまえ今、腹が……」

からかい混じりで口を開いたであろう田嶋が、はっと息を呑んで言葉を止めた。

「ん……」

食べものの話をしていたら、目の前の田嶋の指が食べられるものに見えたのかもしれない。

日吉は自分の思考回路がおかしくなっている自覚はあったけれど、止められなかった。

大切なものを持ち上げるみたいに、指に手を添えて、そっと唇を寄せる。ちゅ、とちいさな音を立ててキスをしてから、口を開いて、濡れる咥内にゆっくり招き入れた。

「ん…、む……」

「おい」

とろりとした舌の上に人差し指を載せる。自分の身体の中に、田嶋の一部が入り込んでいる。そう思うと、全身がぞわりと熱くなった。

(うれしい……、なんでだろ。田嶋さんが、おれの中に……)

そう思うと、もっと欲しくなる。空腹を訴える腹もきゅう、とまた鳴く。一度口から離して、今度は中指も添えて二本、ぬるりと口に含んだ。

「ん、ぅ……っ」

「ヒヨコ」

咎《とが》める声が聞こえたけれど、爪先を舌でなぞると口の中の田嶋の指先がびくりと反応したから、楽しくなってしまう。日吉はとろんと今にも落ちそうな重い瞼をうっすら開いて、ちいさく笑った。そのまま喉の奥までぐっと迎え入れて、ゆっくりと舌で味わいながら出し入れする。

「ん……っ、ん……っ、ふ……」

田嶋の指のぜんぶが、愛しくて仕方がなかった。くん、鼻を鳴らして息をして、彼の指をべたべたに濡らす。咥内で抜き差しするたび、日吉の頬や首筋が淡く染まり、吐息も甘い欲情を隠せない。

目を閉じて続けていると、田嶋がはぁ、と息を落とした。

「……美味いか？」

「んっ、ん、はぁ……、おいしい……」

「そんなに？」

「ん……、おいし、です……。もっと、ほしい」

もごもごしながら指から口を離せば、透明な糸が名残惜《なごりお》しげに伝った。田嶋の指が淡いライトに照らされ、唾液でてらてらと光って見える。それがもっと欲しくて、指先をぺろりと舐めた。

「田嶋さん、もっと……、食べていいですか……？」

とろん、と唇を開いたまま、発情しきった声を出す。恥ずかしいはずなのに、興奮状態な頭はなにも感じない。

潤んだ視界に、田嶋のいつもの意地悪な表情が見えた。いやらしい色を含んでいる視線――、自分もきっと、同じような目をしている。

「……いや。やっぱりだめだ」

「ど、して？」

「おまえ、酒でも飲んだのか？　ちょっと正気じゃないだろ」

「や、やだ……！　あ……っ」

田嶋がさっと手を引っ込めて、日吉の顔の前で待て、のポーズをする。

「おれ、犬じゃない……」

「わかってる、ヒヨコだろ。でも待て。おまえ、わかってないみたいだから言うが、これ以上煽《あお》られると正直ヤバいことになる」

「やっ、手、……田嶋さぁん……っ」

田嶋が座ったまま両手を上げて、手を取ろうとする日吉の腕から逃れる。悔しくて、日吉はぐっと背を伸ばしてそれを追った。

「あのなぁ、ここは俺の部屋だぞ？　ソファなら我慢できてたが、ベッドの上じゃ無理……って、おい……」

「田嶋さん……、田嶋さん……っ」

日吉は夢中で彼の広い胸を押して、そのままくたりと上に圧し掛かった。どさり、田嶋の背中が床についた音がした。

「おい、おまえな」

目の前に呆れた顔でも田嶋がいて、うれしくなってしまう。そっとその神経質そうな眉間に唇を落とすと、じわりと気持ちが溢れた。

「田嶋さん、好き、です」

「……っ、わかってる。だから、退《ど》けよ」

「やだ……っ！」

田嶋の唇に、思い切って自分の唇をふにっと押しつけた。ちゅ、ちゅ、と何度か啄《ついば》めば、諦《あきら》めたのか、田嶋の身体から力が抜けた。

「んん……っぅ、ふ……」

脚の間がじんじんして、切なくて辛い。田嶋の腰にそこを擦りつけながら、甘い唇を味わった。田嶋の舌がぴくりと動いて、それから。

「……っ、ん、んん……っ」

下から強く腰を掴まれて、ぐっとふたりの間の隙間が埋まった。平坦な胸のおかげで、真正面から、こんなにぴったりくっつける。田嶋が前にそんなことを言っていたような気がして、日吉は甘い快感の中、すこし笑った。

「は……、あれ……？」

唇が離れたと思うと、下から伸びてきた両腕でがっしりと肩を掴まれた。ぐるりと身体を反転させられて、形勢が逆転する。そのまま圧し掛かられるのかと思ったら、身体を起こした田嶋に横抱きに持ち上げられた。

「もう後戻りできない。おまえ、わかってんのか？」

「ん……？」

「後悔してもしらないからな。正直、手加減できるかどうか」

抱きかかえられたまま、苦しげな顔で言われる。よくわからないけれど、田嶋の苦しむ顔は見たくなかった。それに、田嶋と出会ってから今まで、後悔なんてひとつもない。

「後悔とかしない、です。田嶋さん、おれ……」

「ア？」

「田嶋さんのこと、大好き、だから……」

言い終わる前に、どさりとベッドの上に落とされる。一瞬、視界がシーツの黒一色になって、闇に沈むようですこし怖くなった。けれど、すぐ目の前に田嶋のいつもの難しそうな顔が見えたから、うれしくて、日吉はとびっきりの笑顔を浮かべた。

「おまえは色が白いから、このベッドに映えるんだろうなって最初から思ってた」

「え……？」

「だから絶対、ここに入るなってずっと言ってただろ。……押し倒さない自信、なかった」

最初というのは、いったいいつのことなんだろう。気になったけれど、それはまた、あとで聞こうと思いながら、日吉はへらりと微笑んだ。

「あ……ぁ……、ぁあ、ん……っ」

田嶋の唇が、身体中を動き回っている。身に着けていたものはあっという間にすべて脱がされて、もう自分の身体のどこにも、田嶋が触れなかったところはないんじゃないかと思うくらい、隅々まで舐め、噛みつかれた。

けれどとっくにとろとろになっている脚の間の熱には、まったく触れてもらえない。日吉は、長く続く甘くて苦しい快感に涙を流していた。

「や、たじまさ……、も、やだぁ……、おれ、イきたいよぉ……っ」

「泣くなよ。ほら」

「ん……」

切ない吐息を漏らし続ける濡れた唇に、田嶋の指がちょんと押しつけられた。条件反射のように口を開いて、ぺろぺろと舐めてしまう。

「ん、ん……」

喉の奥まで含んで、ちいさな水音を立ててゆるゆると出し入れする。そうしていたら、田嶋が楽しそうに笑った。

「ヒヨコ、おまえってちょっと心配になるくらいに従順だな。俺を親鳥だと思ってるから、か……？」

「ん……？　っあ……！」

田嶋が指を引いたから、ちゅぽ、とちいさな音を立てて口から抜けてしまった。喪失感が寂しくて、濡れた指先を追いかけると、田嶋がぴっとその指を立てた。

「そんなに好きか、俺の指」

「好き……」

「……ふぅん。食いたいくらい？」

「ん……」

顔を赤らめて、こくりと頷く。田嶋はふっと口の端を上げ、日吉の腰のくびれをなぞりながら言った。

「じゃあ、四つん這いになれよ。ほら」

「あ……」

くたくたになって力の入らない身体を支えられて、ベッドの上で四つん這いのポーズを取らされた。田嶋は脚の方に回っていて、前を見ると視界は真っ黒なシーツだけになってしまう。

「おれ、田嶋さんが見えないと、怖い……」

「脚の間からこっち見てろ。……身体、やわらかいからできるだろ？　そう……」

言われるがままに頭を下げて、自分の両脚の間から後ろを見る。

腹につくくらい反り返った日吉の中心が、とろりと液を垂らして震えているのがすぐ目に入った。それだけでも頭にかぁっと血が上ったのに、脚の横に、今まさに自分の後ろのふたつの膨らみを広げている田嶋が見えてしまった。

（なにこれ、夢、じゃないのかな……）

想像以上に卑猥《ひわい》な光景に、頭がくらくら、する。

「もう……、おれ……っ」

田嶋が今どこを見ているかを考えると羞恥《しゅうち》に腕ががくがくし始めて、とても支えていられなくなる。へたりと顔をシーツに押しつけて、田嶋の方に大きく尻を突き出す形になるけれど、仕方なかった。

「ちょっと我慢、しろよ」

田嶋が言いながら、なにか冷たいものを尻の間に塗りつけている。お漏らしをしてしまったみたいに股座《またぐら》が濡れていて、しっとりとした違和感。

「やっ、田嶋さん、なに……？」

「傷つけないようにだ。……俺の指、欲しいんだろ」

こくりと頷けば、尻のあわいに硬いものを感じた。後ろの窄《すぼ》まりに田嶋の指が触れているんだ、と気付いた瞬間、だった。

「あ……！　やだ……っ、ゃ……！」

くぷりと狭い襞《ひだ》を広げ、長い指がそこに埋め込まれた。痛みはないけれど、未知の感覚に身体が自然とこわばる。

「ひ、ぁあ……っ」

「怖くない。俺の指だから大丈夫」

田嶋がもう片方の手で、背中や腰をやさしく撫でてくれている。内部の指はちいさく蠢《うごめ》いて、何かを探して動いている。

(田嶋さんの、あの指が……、おれのなか……)

埋め込まれたものが田嶋の指だと自覚すると、一気に背筋から中心まで、ぞわり、としたものが走った。そうして内部の違和感は、すぐに疼くような不思議な感覚に変わる。

「あ…っ、ぁ……っ、ひぁあ……」

塗りつけられた液の滑りを使い、田嶋の指がくるくると回される。気がつくと指は二本、三本と増え、それらが内側の粘膜を摩《さす》るように動く。

ぐちぐちと湿った音が後ろからして、シーツにつけた顔が燃えるように熱い。黒いふわふわしたシーツからは田嶋の甘いにおいと、ほのかな体臭がした。

「あ……、ぁうぅ……っ」

「ヒヨコ……、中がほぐれて、とろとろになってきた。わかるか？」

「や……っ、わかんな、ん——っあ、ぁあ……っ？」

指先が浅い部分でちいさく抜き差しされていたと思うと、ふいに、ぐっと腹の内側を圧迫される。途端、身体を走った甘い痺れに、日吉は困惑の声を上げた。

「やぁ、田嶋さん……っ、や……」

「ここか」

「あ、ぁああ……っ！」

田嶋は内部の同じところを執拗に、やわらかく何度も擦る。そうされるたび、腰が別の生きものになったみたいに揺れてしまう。

泣きたくなるような快感がどこかからやってきて、日吉を悶《もだ》えさせた。感じたことのないそれが怖くて、伏せた腕の中で喘《あえ》ぎながら、何度も頭を振った。

「あっ、ぁっ、だめっ、だめ、それやだぁ……っ！」

「気持ちいい、の間違いじゃないのか？　……覚えとけ、ここが、おまえの好きなところ」

「や、……ぁあっ！」

やさしく言われながら、最後にぐり、と強く刺激されて、頭の奥が弾けた。指は引き抜かれたのに身体がひくひくと痙攣《けいれん》して、甘い余韻が止まらない。自分の腹を見ると、昂《たかぶ》りの先端から幾重にも液が滴り、シーツに染みを作っていた。

（今のところが、おれの……）

とろけるような思考の隙間、田嶋の言葉を反芻《はんすう》する。田嶋から教えられたことは、忘れたくない。

「俺の指、上手に咥《くわ》え込《こ》んでた。美味かった、だろ」

「っん、や、やだ……」

耳元に近づいた田嶋に頭を撫でられながら囁かれて、さすがに恥ずかしかった。顔を埋《うず》めて首を左右に振れば、肩を取られてころんとひっくり返されてしまう。

「あ……」

真上から、田嶋が自分を見ていた。目を細めて、口の端を上げて。視線が顔から胸、腹……、と移っていくのがわかって、無防備に弛緩《しかん》していた身体が、視線を意識して一気に熱くなる。

脚の間の淡い充血をじっと見られて、どうしようもなくて両手で隠した。もうとっくに、何度も見られているのに。

「隠すな」

すぐに両手首をまとめて掴まれ、持ち上げられる。先走りの液がとろりと伝って、もう熟しきってとけてしまうんじゃないかと思うような中心が、田嶋の眼下に落ちた。

「や……っ、田嶋さん……」

「やらしいな。触ってやりたいけど……俺も限界」

掠れた田嶋の声や細められた瞳は、欲情しているのが伝わってくる。手を放され、ぼんやりとそれを見つめていると、次の衝撃はすぐにやってきた。

「え……、あ……っ？」

田嶋が日吉の脚を片手で持ち上げながら、ずるりとズボンと下着を脱いだのが見えた。露《あらわ》になった田嶋のものはすでに硬く屹立《きつりつ》していて、以前何度か見たものよりさらに質量を感じる。剝き出しのそこを見ていたら、触りたくてむずむずした。

手を伸ばすと、田嶋が腰を引いた。どうして、と顔を上げれば、見慣れない表情で、苦しげに眉根を寄せた田嶋がこちらをじっと見ている。

「ヒヨコ、いいか？」

「ん、なに、が……？」

は、と息を吐いた田嶋が腰を高く持ち上げてきて、濡れそぼった尻の間に硬いものが押し当てられた。

「あ、ぅ……っ」

途端に襞がきゅううっと収縮して、内部がひくつく。さっき田嶋の指でとろとろにされたそこが刺激を求めて動いているのがわかってしまって、顔が熱くなる。

「指なんかよりもっと、気持ちよくさせてやるから……、いいか」

田嶋に囁かれると、中が疼いて、下腹部がじんじんする。わけもわからず何度も頷いて、日吉は瞼を閉じる。丸い頬に一筋の涙が伝ったとき、田嶋が熱い息を吐いた。

「ヒヨコ……」

名前を呼ばれながらそっと腰を摑まれ、滑るそこに宛《あて》がわれた先端がぐっと食い込む。

「あ……、田嶋、さん……？　あ、ぁあ……」

もしかして——と思う間もなく、ぬるりと入り込む、熱い塊。

「ん、んん……ぁあ……っ！」

「っは、馬鹿、締めすぎん、な……っ」

「や、わかんな……っ、やぁ、ああ……」

腰を掴まれ何度か揺さぶられながら、硬い昂りにずぶずぶと貫かれる。その熱さに、目の前がちかちかと真っ白になった。

「あ……、なかに、入ってくる……、田嶋さんの、はいって……」

と、いうことは、セックスしてるんだ。そう思うと、日吉は泣きたくなった。

きっと好き合っているからこそ、成り立つ行為なんだ。うれしくて、圧迫感に似た苦しさも、指と比べ物にならないサイズのそれを受け入れる衝撃も耐えられた。

田嶋が器用な指で丁寧に解《ほぐ》したからか、痛みはなかった。ただやわらかい粘膜が硬いもので開かれていく感覚に、日吉は大きく身震いした。

顔の上に、田嶋の息遣いが聞こえる。ふたりの皮膚がぱちんと濡れた音を弾き、ぜんぶ入ったのだとわかった。

「ん……、おなか、なか、いっぱい……」

みっちりと熱いもので満たされるのは、幸福感に似ていた。そっと下腹部に触れて、瞼を開く。

霞んだ視界に入るのは田嶋の細められた瞳で、それはどこか苦しげだった。田嶋の顔に浮かんだ汗がぽたりと落ちてきて、日吉の首筋に流れる。

「田嶋、さん……、苦しい、の……？」

「おまえがきゅうきゅう締めつけるからな。……おまえは？」

覆い被さる田嶋の苦笑は顔はいつもよりどこか獣じみて、色っぽくてかっこよくて、直視できなくなる。涙でぐしゃぐしゃの顔を隠すように手を添えて、日吉は首を振った。

「だいじょ、ぶです……。おなか、熱いけど……」

「ヒヨコの中も、熱い。熱くて、狭い……」

「ん……っ」

脚を持ち直されて、片脚をぐいと肩にかけられた。さらに密着して、馴染んできていた中の田嶋のものをさらに意識してしまう。小刻みに揺らされて、受け入れている縁がひくりと動いたのがわかった。

「あ……」

「ヒヨコ。悪い、ちょっと……、手加減できそうに、ない」

「え……、あ、や、ぁあ……っ！」

突然田嶋の腰が離れて、ずるずると内部のものが引き抜かれた。ひどく濡れた音が中で響いて、粘膜が擦られる感覚が日吉の身体にちいさな火を点《とも》していく。

「あっ、やっ、田嶋さん……っ、そんな、動かな、で……っ」

「ん……、無理。大丈夫、死ぬほど、気持ちよくしてやるから」

今度は奥深くまで貫かれ、ゆっくりと、田嶋の形に広げられる。逃げる腰を摑まれて、いやらしい音を立てて繰り返される往復。

「ん、ん……、ひ、ぁああ……っ！」

そうして、突然そのときはやってきた。田嶋が打ちつけた熱がどこかを掠めた瞬間、びくんと腰が跳ねた。すぐに何度も狙いをつけて擦られると、おかしくなりそうなほどの悦楽が、どこからかせり上がってくる。

「あっ、ぁっ、やぁっ、変、田嶋さん、おれ、変……っ！」

揺さぶられるたびに震える日吉の中心も、さっきからひくひくと脈打ちが止まらない。すぐにでも達せそうなほどの強烈な快感に囚われ、身体の中すべてがそれに支配されていく。すべての火種に火がついて、日吉は甲高い声で喘いだ。

感じたことのないものが身体に渦巻く恐怖に、日吉は助けを求めるように手を伸ばす。そこに田嶋の指先が絡んで、強く握り締めてくれる。けれど田嶋の腰の動きは止まらなくて、結合部が立てる卑猥な音は激しさを増した。田嶋のものが擦る部分が熱くて、そこからとけてしまいそうだった。

「ヒヨコ、さっき教えた場所、覚えたか？　ここ……」

「あっ、ぁ、あん……っ！」

田嶋のせり出した硬い部分が、ぐりぐりと内部を刺激する。頭の奥でなにかが弾けて、腰から下にきゅん、と痺れるような悦楽が落ちる。一際大きな声が溢れたのを聞き、田嶋はちいさく口の端を上げた。

「おまえ、すっごい気持ちよさそうな声出してんの……、わかってるか?」

「っあ、やっ、わかんな……っ、田嶋さん、だめ、それやだぁ……っ」

「やだじゃなくて、気持ちいい、だろ? 言えよ……っ」

「えっ、ぁ……っ、ぁああ……!」

強く手を握られたままぐちぐちとその場所ばかりを狙って掻き回され、日吉は溺れたように、息もうまく吸えなくなる。気持ちよくって、腰が砕けそうだった。呂律《ろれつ》の回らない舌で必死に伝えようとするけれど、口からは意味を成さない甘い声ばかりが溢れてしまう。

「ぁ、ん……っ、おれ、ぁっ、きもち、ぃ……っ」

はぁはぁと短い呼吸をしながら、必死に声を出した。涙で濡れて揺れる瞳で田嶋を見れば、うん、と頷いてくれた。

「とろっとろ、だな……、ここ」

「や……、あっ、やっ、やぁ、田嶋さん、だめぇ……」

腹の上で濡れていた日吉の昂りを撫でられて、そっと掴まれる。熱く脈打つそれを根元から扱《しご》かれて、腰を揺さぶられたらもう、ひとたまりもなかった。

「ひ、ぁ、だめ、出ちゃぅ……、出ちゃ、うからぁ……っ」

「出していいから。……イくときの顔、見せろ」

「え、ぁ、ああ……っ、ああ、ん！」

意地悪く先端を刺激された瞬間、びくんと腰を反らせて日吉は一度目の絶頂を迎えた。

「や……っ、ぁ……っ」

欲望の残滓《ざんし》まで搾り取る田嶋のしつこい指の動きに、あっ、あっ、とちいさく喘ぎながら耐える。感じている顔をじっと見られているのがわかって、日吉は射精の余韻に震えながらちいさく首を振った。

「気持ちよかったか？」

シーツに埋めた横顔にキスされながら言われて、胸が甘く疼いた。素直に一度だけ、こくんと頷く。

「かわいいな」

くく、と笑いながら言われて、びっくりするほど胸が高鳴った。

かわいい、なんて言葉は今まで誰に言われてもうれしいと感じたことはなかったはずなのに。田嶋に言われるとまったく別の言葉みたいだった。

「見ろ、ヒヨコ、こんな……」

「あ……」

勢いよく溢れた白濁が田嶋の指を汚しているのを、目の前で見せつけられる。恥ずかしいのに、目が離せない。指の隙間にとろりと零れたそれを田嶋の赤い舌が舐め取っていったとき、日吉はまた自身に熱が籠《こも》るのを感じた。

「た……っ、田嶋さん、って、超えろい……」

「あぁ。おまえのせい、だからな」

「あっ、ちが、ごめんなさい……っ、ごめ、やぁっ……！」

余計なことを言ったせいか、日吉の息が落ち着くのを待たずに田嶋が腰を揺らし始めた。濡れた音を立てて律動を繰り返されると、とろけきった日吉の内部は田嶋の屹立《きつりつ》をやさしく包んで、ときに強く締めつける。

「ん、ヒヨコ、うまくなった。おまえの中も、エロい動きしてる……」

「やっ、しらな……っ、あっ、やぁっ、あぁ！」

初めてだというのに自分のそこがはしたない動きをしている自覚はあったけれど、止められなかった。田嶋を受け入れている熟れきった果実みたいなそこが、ぐちぐちと卑猥な音を響かせ続ける。

「やっ、やっ、とけちゃう……、おれ、とけちゃう……っ」

出し入れを繰り返されるたび、熟したその縁からとけてなくなるんじゃないか、と思うほど、きっととろとろになっている。擦られる部分が熱くてたまらない。

強い快感に逃げる腰を引き戻され、片手で固定され奥を突かれたまま腰を回されると、声が我慢できなくなる。理性はとうにどこかへと消え、日吉はあられもない格好でひたすらに甘く喘いだ。

淫《みだ》らに悶える身体が自分のものじゃないみたいに感じて、すごいな、と白く煙《けぶ》る思考の隙間に思う。

（田嶋さんは、器用だから、こういうのもうまいんだ……）

そう考えると胸が苦しくなる。きっと過去とはいえ、あまりに慣れた田嶋の行為にどうしても浮かんでしまうことがある。自分ではない誰かと田嶋のことなんて、もう考えたくなくて、日吉は快感へと身をゆだねた。

ときおり繋いでくれる手はひどく熱くて、それがとにかくうれしかった。

「あっ、ぁっ、おれ、イく、またイッちゃ……っ」

がくがくと揺さぶられ続け、開いた両脚が大きく跳ねた。日吉は足先をきゅっと丸め、田嶋にしがみついて身体を震わせた。

「あ、ぁあ、あ……――」

一際大きく声を上げて、二度目の絶頂を迎える。同時に収縮した粘膜が内部の昂りを締めつけたとき、田嶋がちいさく喉の奥で唸《うな》った。

「……っ、ヒヨコ……」

何度かに分けて放出される日吉の白濁が田嶋との隙間にじわりと溢れたとき、最奥で確かに溢れる田嶋の熱いものがあった。どくどくと注がれるそれを、遠くなる意識の中、日吉は確かに感じていた。

「あ、ぁ……っ、熱い、……おなかの、なか……」

日吉はうわ言のように呟いてから、黒いシーツの上に片手を投げ出した。最後に細い指先がぴくりと動いて——、そのまま、眠ってしまったようだった。

ぱちりと瞼を開けたとき、目の前が真っ暗だった。

日吉は何事かと驚いて、すぐに上半身を起こした。なぜか裸で、全身の至るところが鈍く痛む。特にずきずきとする腰を摩りながら、ぼんやりと定まらない視界で辺りを見回す。

見慣れない黒が覆われたシックな部屋。カーテンの開かれた窓からはやわらかな光が差し、黒いシーツの輪郭を撫でている。

時計を見ようと腰を上げた刹那《せつな》、あらぬところに痛みが走り、日吉ははっと気がついた。

(そっか、おれ、田嶋さんの部屋で……)

思い出すと、顔が燃えるように熱くなった。睡眠不足と情緒不安定な状態が重なっていたとはいえ、自ら部屋に押しかけ田嶋の指をねだったり、上に跨《また》ったりしたのだ。

（しかも、おれ、田嶋さんとセッ……）

そこまで考えて、わぁ、と叫んで日吉はシーツに顔を埋めた。

女性との経験は不可抗力とはいえ一度あるし、すでに田嶋とはソファでの戯れを何度も経験していた。けれど、昨晩のあれは、戯れだなんてかわいらしいものではなかった。

田嶋のにおいがするシーツに包《くる》まり、とろんと瞳を揺らしながら思い出す。

（あんなおっきいのが、入るものなんだなぁ……）

まだ感触が残るその場所に、軽く手を這わせてみる。田嶋の猛《たけ》りをここに埋められ、揺さぶられ、彼の熱い迸《ほとばし》りを身体の奥で確かに受け止めた。

そういえば、中で出されたそれはいったいどうなっているのだろうか。ふと思い立ち、もぞもぞと身体を起こしてみる。

「んー……？」

ここに異物を入れるなんて経験は当然なかったので、よくわからなかった。まだ、中に残っているのかもしれない。

全身は綺麗になっている。いつの間にか気を失ったように眠ってしまった自分を田嶋が清めてくれたと思うと、申し訳ないのとうれしいのとが混ざり、複雑な気持ちになった。

「あ、田嶋さんは、リビングかな」

ベッドから下りると、普段使わない場所の筋肉を使ったからなのだろうか、腰や股関節が痛んで、う、と呻きが漏れる。特に田嶋のあれを受け入れた場所がずきずきして、頬を赤らめたとき、時計の針が午後を回っていることに気付いた。

「え、えええ……、うそ！」

午後一時過ぎ、普段ならば午前の仕事を終え、昼食を摂《と》っている時間ではないか。田嶋は時間に厳しく、日吉のミスなどで計画がズレると眉根をきつく寄せ、冷たい声で「おまえな」とにじり寄ってくる。

日吉はヤバい、と呟き、青い顔で素早く支度をして、痛む身体をかばいながらアトリエに向かった。

「たっ、田嶋さん……！」

田嶋はアトリエの中ではなく、外の広い庭で石割りをしていた。日吉はその姿を見つけ、ざり、と砂音を弾いて駆け寄った。

「あぁ、起きたか」

「あ、あの、寝坊しちゃって、おれ……」

田嶋の顔を見た途端、彼が何度も擦った場所がじわじわと痛むのを強く意識してしまう。日吉は「ごめんなさい」とちいさく声を出しながら、両脚を擦り合わせた。

それを横目で見て薄く目を細めた田嶋が、ちょい、と手招きする。

「今日は特別に許す。それよりヒヨコ、もっとこっち、来い」

「え……？　あ、はい……っ」

尻を左右に緩く振るような、変な歩き方をしているという自覚はあった。もしかしたら田嶋が中で出したものが溢れ出してくるのではという心配もあり、どうしても、尻の筋肉に力を入れてしまうのだ。

ひょこひょことした動きでなんとか田嶋の横に並び、まっすぐに見上げて次の言葉を待つ。

田嶋は日吉を見下ろしながら、色気のある、含んだ笑みを口元に浮かべた。

「大丈夫だから、そんなに心配するなって」

「な、なにをですか？」

「中に出したが……、おまえが寝たあと、ぜんぶ掻き出して処理しといた」

「……っ！」

耳元で密やかに言いながら、田嶋が指を二本立てて見せてくる。

「おまえが昨日美味そうに食ってた……俺の指でな」

とどめに頰の丸い輪郭を指先でなぞられながら、そんなことを囁かれる。露骨な物言いがいやらしくて、日吉はもう頭が茹《ゆだ》って、くらくらしてたまらなかった。

田嶋は行為のあとで提出する書類を完成させ、それから数時間、仮眠したという。睡眠不足だからなのか、纏う空気が昨晩のままで、それがまた日吉をドキドキさせた。

ヒヨコが死んだように眠っていたから、声をかけずに部屋を出た、と田嶋は言っていた。後処理をしても、なにをしても起きないから、田嶋は「ヒヨコ殺しをしてしまったかもしれないと心配になった」と意地の悪い笑みを浮かべていた。

その後、田嶋がギャラリーにいる叔父に提出するものがあるというので、日吉も一緒に出かけた。

「休んどけよ」という田嶋の声を振り切ってまでついてきたものの、カフェスペースで姫野と出会ってすぐ、やっぱりやめればよかった、と内心後悔を始めていた。ふたりが並んだのを改めて見て、やっぱり画になるふたりだ、と感じてしまったのだ。田嶋が残していた姫野のデッサンのことが、また頭から離れなくなる。

一歩引いていようと下がったものの、姫野は日吉の姿を一目見るなり瞳を輝かせた。

「織斗、だめでしょ、こんなヒヨコちゃんを外に出したら……っ！」

そう高い声で言って、姫野ががばっと抱きついてくる。腰のくびれに這わされた薄い手のひらが、さすさすと大切なものを扱うみたいにそこを摩った。

「ちょ……っ、姫野さん……」

姫野の肩にかかったさらさらストレートの茶髪から、大人っぽいいい香りがする。そんなことすら胸が痛くなる理由になって、いつもみたいに笑えなかった。

「おい、姫野、なにしてる。離れろ」

「やだ〜。だってヒヨコちゃんが、ヤバい歩き方してるんだもん。見る人が見たらすぐわかっちゃうよ？　ヒヨコちゃんが、昨日の夜にいったいなにをされたか……」

「っひ、ぁあ……――っ」

つつ、と細い指先に首筋をなぞられて、背筋がぞくぞくと震えた。甲高い叫びが上がってしまい、赤面した日吉が口を押さえたとき、田嶋の手が姫野の頭を軽く叩いた。

「いったぁー」

姫野が拗《す》ねた声を出して、身体を離す。日吉はほっと安堵《あんど》しつつも、無理に笑おうとして失敗した変な顔しかできない。火照った頬を伏せていると、頭のてっぺんに田嶋の手のひらが触れた。やわらかい髪をわしわしと雑に撫でながら、田嶋が低い声を出す。

「ちょっとふざけすぎだ、姫野。ヒヨコを泣かすな」

「な、泣いてない……」

「え〜。ていうか織斗が昨日泣かしたからヒヨコちゃんがへなへなになってるんでしょ？　こんな状態でヒヨコちゃん外連れ出して、さらわれたりでもしたらどうすんの？」

「俺がいるから平気だろ。それに、こいつだって一応成人してるんだから、そこまで過保護にならなくてもいい」

「でもさぁ……」

言いながら、姫野の視線がちらりと日吉に向いた。田嶋も同じタイミングでこちらを覗き込んで、ふたりの視線がじっと顔に集まってくる。

「な、なに？」

思わずきょとんとして首を傾げれば、ふたりが同時にため息を落とした。

「だめ、やっぱり心配っ。ねぇヒヨコちゃん、織斗みたいな束縛・意地悪・根暗男のとこじゃなくて、うちでモデルになってよ～。やさしくしてあげるっ」

「え、え？」

姫野は冗談っぽく言って、正面から飛びついてくる。それを横から田嶋が腕で払いながら、不服そうに言った。

「なんだその束縛・意地悪・根暗男ってのは。ヒヨコを束縛なんてした覚えはないが」

「うそぉ。じゃあちゃんとお休みあげてんの？」

「当然、土日はフリーだ」

「そうなの、ヒヨコちゃん？」

うん、と頷いて、日吉は休日に田嶋と出かけた記憶を思い返し、すっと目を細めた。

「休みだけど、おれが勝手に、田嶋さんについていっちゃってるんだ。映画館とか、美術館とか……」

指折り話しながら姫野に微笑みかければ、彼は大きな瞳を見開いた。

「映画ってどうせあれでしょ。単館上映のドマイナー映画とかでしょ?」

大当たりだ。薄暗い雰囲気のフランス映画だった。どうしてわかったの、と日吉が瞬きしていると、姫野が肩を叩いてきた。

「相変わらずだねぇ、ほんと。ヒヨコちゃん、つまんなかったでしょ? 次は眠かったら寝ちゃいなよねっ」

「え、えと、でも、あとから解説してもらったら、面白かったから……」

「え〜? 織斗、もっと楽しいところに連れてってあげなよ。遊園地とかいいじゃん」

「ア? おまえに口出しされる謂《いわ》れはないが」

「だって織斗はさぁ、昔から……」

姫野が何気なく出した単語が、耳に残る。

(昔……)

田嶋と姫野の不毛な言い合いが続く中、日吉は俯いて唇を尖らせていた。

姫野にはそんなつもりはないだろうけれど、姫野が知っている、自分の知らない田嶋がいることを暗に示されているようで、胸がもやもやする。

(確かに、おれはまだ田嶋さんと出会ったばっかりだけど……、でも、でも……)

昨晩の行為中、田嶋に握られていた手のひらがじわりと熱くなった。まだまだリアルに思い出せて、うれしくなる。

「だから、それは姫野だって……、ん……ヒヨコ？」

「え、あっ？」

ぼんやりと考え込んでいて、田嶋の声にはっ、と顔を上げた。目の前には眉を上げた田嶋がいて、視線を落とすと、自分の手が田嶋の手にしっかりと絡んでいる。

「あ、おれ……っ！」

「やだ、ヒヨコちゃんてば、超かわいい……。いいなぁいいなぁ、やっぱり俺もヒヨコちゃん欲しい……っ。ずるいよ織斗〜！」

「馬鹿か。ヒヨコはひとりしかいないんだ、諦めろ」

ふっ、と口角を上げ、田嶋が誇らしげな笑みを浮かべているのを、日吉は赤い顔で見つめた。

その手が振り払われなかったことがうれしくて、胸の奥で固まりかけていた苦しい気持ちがすこしだけ、とけた気がした。

そこに叔父が声をかけてきて、ふたりで軽く打ち合わせをしてくる、と田嶋と共に事務所へ消えた。

残された日吉は姫野と、カフェスペースでだらだらと話していた。

全面ガラス張りのカフェスペースは、ギャラリーの入り口がよく見える。今日はずいぶん盛況だなぁと思って眺めていると、同じことを感じたのか、姫野がそっと指を差した。

「ここで今日から始まった若手の子の個展、かなりヤバいよ」

「ヤバい？」

「超痺れる。立体イラストレーションってやつで、立体なんだけど、一枚の画みたいに見えるの。たぶんヒヨコちゃんも好きだと思う。あ、織斗も。あいつがいかにも好きそうな哀愁があってさ」

「……そっか。見て帰ろ」

田嶋の好みや趣味は、まだよく知らないけれど、これから知っていけばいいんだ。そう思って、日吉はすこし寂しげに微笑んだ。

「ヒヨコちゃん、なんか急に色気が出てきたかも……。かわいい……っ」

「わ、ぷぷっ」

伸びてきた両の手のひらで頬をぷにぷにと、やわらかさを確かめるように挟まれる。さすがに可笑《おか》しくて、日吉ははにかみながら笑った。

声を出して笑い合っていると、ギャラリーの入り口に見たことのある男の姿を見つけて、びくりと肩が揺れてしまった。

「ん、ヒヨコちゃん？　……あ、竹内」

姫野がひょいと小首を傾げた。それに気付いた竹内は、受付の若い女性に偉そうになにか言いつけ、迷わずこちらに向かってくる。涼しげなネイビーのジャケットに白パンツの竹内は清潔感があるのに、近づくたびにアレルギーを起こしたようにぞわぞわする。

「失敗した、今日はあいつがいる日か。あいつさ、俺にはちょっと重すぎるんだよねぇ」

姫野がそう呟いて、苦笑した。えっ、と目を開くとちいさくウインクを返されたので、なにも聞けなかった。

「姫野くん。昨晩何度も電話したの、気付かなかった？」

近づいてきた竹内はこちらの存在などないかのような態度で、姫野に詰め寄った。

「ん〜、ごめんね。ちょっと次の作品のラフ描いてて、手が離せなかった」

「そうか、なら仕方ないけど。……あ、日吉くん、だっけ。いたんだ」

「は、はいっ。こんにちは」

なんとか笑いかければ、竹内は無言で日吉の頭からつま先までをじろじろと見たあと、ふ、と鼻で笑った。

「あのさ。前も思ったんだけど、君のそのファッションセンス、どうにかならない？」

「え？」

「ちょっと竹内、おまえなに言ってんだよ」

「だって姫野くん。この子おかしいでしょ、女の子でもないのに。そういう格好にコロッと落とされる男もどうかと思うね」

竹内は確かにこちらを指差して話している。けれどなにを言われているのかわからず、頭が混乱した。

　センスに自信がない日吉は、姉たちが選んでくれた服を適当に着ている。日吉の肌の色や甘い髪の色に合うよう、基本的にディテールがフェミニンなものばかりで、今日はゆったりとしたアイボリー色のニットだった。

「お、落とされる男、って？　おれ別に、そんなつもり……」

「でも実際、その外見で誘惑でもして田嶋に取り入ったわけでしょ？　君に外見以外の価値はないだろうしさ」

「え……？」

　今、なにを言われた？　真っ白になった頭の中で竹内の声がこだまする。

　自分に向けられた悪意の籠った言葉が信じられなくて、息が苦しくなった。「やめろ」と姫野が止めるのも構わず、興奮した様子の竹内は続ける。

「姫野くん、だって本当のことだろ。日吉くん、知ってる？　田嶋って人間不信の一匹狼で、首切られたアシは数知れずだろ。なのに今回は休日も連れまわしたりして、ずいぶん溺愛してるって噂で持ちきりだ」

「おい！」

「僕はこの前、君に田嶋は最低な男だって忠告したのにさ。今はそれでいいかもしれないけど、すでに騙されてるんだよ。あの男はちょっと顔がいいからって昔から、君みたいなかわいい男をとっかえひっかえヤリ捨ててるって有名で……」

そこで姫野が立ち上がり、竹内の肩を強く叩いた。

「ふざけんな。おまえがそういう噂を流してるだけだろ？　彼に変なこと吹き込むな！」

女性的な顔が怒りで歪み、至近距離で凄まれた竹内はおどおどと肩をすくめた。ふたりの体格差を忘れるほどの迫力だった。

「いや、ちが、違うよ、姫野くん。僕は彼に忠告したくて、親切心で……それに君だって、前に色々言ってたじゃないか」

「うるさい、おまえと俺じゃ立場が違うんだよ！　ちょっと来い。話がある」

口調が急に変わった姫野に驚いて、はっと見上げると、大きな瞳と目が合う。にっこりと微笑みながら竹内の肩を掴み、出口に向かう姫野がこちらに片手を上げた。

「ヒヨコちゃん、ほんっとうにごめん。ちょっと野放しにしすぎた。こいつの言ったことはすべて忘れて。こいつは俺が本気でキツーくとっちめとくからね。じゃあね」

日吉は身体が震えて、ふたりの姿が見えなくなっても、しばらくその場から動けなかった。

姫野の言っていたとおり、ギャラリー・ウフでの若手作家の個展はふたりの心を動かすものだった。

いつもの日吉なら、うきうきと先陣を切って受付の芳名帳にへたくそな文字を書き連ねただろう。けれど、今日はどうしても、そうする気分になれなかった。田嶋が器用に筆ペンを使い記名しているのを、横でぼんやりと見ていた。

「おまえはいいのか？」

「えっと、おれ、字がへただから……。あ、でも、あとでおじさんに言ってこっそり書いてもらいます」

「……そうか？　へたでもうれしいもんだけどな、こういうのは」

さらさらと綺麗な文字を書きながら、田嶋は「おまえが書いたら、字を見て小学生が来てくれたかと喜ぶかもしれないだろ」と言って口の端を上げた。いつもならそんな意地悪な言葉に笑って、それが楽しいのだけれど。先ほどの竹内の言葉を思い出すと、あまりうまく笑えなかった。

（ほんとそうだ。おれって小学生のときから、たいした成長、してないよね）

自分にたいした価値がないなんてことは、自分自身が一番よくわかっている。外見以外、と竹内は言ったけれど、それだってどうかわからない。そっと首元のニットを摘んで、ふわりと放した。

こんなもので田嶋を誘惑できるはずがない。自分は姫野のような大人の色気もないし、子供っぽくて、平凡だ。

知識もないから田嶋と美術について楽しく話すこともできない。姫野のようには、できない。

（だめだ……）

スケッチブックを見つけてから、姫野と自分を比べてばかりいる。こんなことを考えてしまう自分も嫌だ。日吉はギャラリーを見ている間も上の空で、アトリエに帰る間の時間、自己嫌悪の海に沈んだまま、浮かんでこれなかった。

田嶋は若手のアーティストに刺激されたのか、アトリエに戻ると時間を忘れて作業に没頭していた。

ぼんやりとする日吉に気付き、田嶋はやさしくキスをしてくれた。身体をいたわってか、今日はここまでだ、と言って田嶋は日吉の濡れた唇を指先で拭った。

こちらを見つめる細められた瞼に色気があって、背筋が震える。脚の横でだらんとしていた腕をそっと取られて、すぐに放された。ぬくもりが恋しくて、指先が追いそうになるのを我慢する。

「今かつてないくらい、頭のものを形にしたいって衝動が起きてる。今日は寝ないかもしれない」

そう言う田嶋の声は、興奮に包まれている気がした。よっぽどのことなのだろう。

「え……そしたら、おれ夜食とか作って持っていきますねっ」

「いや、いい。おまえは寝てろ」

やる気に溢れた田嶋の力になりたい、そう思って咄嗟《とっさ》に出た言葉は、彼の言葉と出口を指す指先にあっさりと受け流されてしまった。

「今日からしばらく、メイン作品の追い込みに入ろうと思う。深夜の作業を続けるが、おまえは来なくていい」

「な、なんでですか……？」

「……必要ないからだ」

田嶋が、一瞬の間を持って、視線を外して言った。

（え、なんで？）

どうしてかわからないけれど、突然、強く突き放された。

今までは日吉が仕事に意欲的になるぶんには、田嶋も受け入れてくれていたのに。その熱意だけは認めてくれていると思っていた。

「お、おれ、邪魔にならないようにします」

「いい。おまえには昼間の仕事を任せるから、夜は寝ていてもらわないと困る」

口を挟む隙を与えずに田嶋は「夕飯を頼む」と言って、まるで逃げるようにアトリエを出ていった。

「田嶋さん……？」

静寂に、日吉の声がひどく心もとなく落ちた。

(なんで、突然。わかんないよ)

元から田嶋は多弁な方ではないし、表情も感情を読み取りづらい。とはいえ最近はすこし、理解できていた気がしていたのに。先ほどの田嶋の態度の意味は、まったくわからなかった。

しばらくして、日吉はアトリエの出入り口にふらふらと向かいながら、疼く身体を抱きしめた。

触れたいし、触れてほしい。そんな日吉の欲望は、先ほどの田嶋のキスひとつで簡単に引き出されてしまっていた。

(身体、熱い。こんなに悲しいのに)

そっと唇に指先を当て、深い息を吐く。

もしかしたら、しばらくはゆっくりと田嶋と触れ合うことなどできないのかもしれない、と漠然と思った。夜にアトリエに籠るということは、午前中は仮眠にあてるのだろう。そうすると、田嶋と顔を合わせる時間が減るのだ。

昨日あんなに激しく触れ合ったことが、夢だったように思える。日吉が、じわりと涙を浮かべたときだった。

「……えっ?」

アトリエの庭に、黒い人影が見えた。

体格は近いが、田嶋ではない。

目を凝らしてみると、濃い目のジャケットに白いボトムスの男が走り去っていったように見えた。ぞわ、と覚えのある嫌な感覚が走る。

——まさか、竹内さん？

いや、そんなはずはないと首を振った。ここに竹内がいるはずはない。疲れていて、幻覚を見たのかもしれない。

竹内のことなんて思い出したくもないのに。そう思った瞬間、日吉の脳裏に蘇った声があった。

——あの男はちょっと顔がいいからって昔から、君みたいなかわいい男をとっかえひっかえヤリ捨てるって有名で……。

なんでこんなことを思い出すんだ、そう思っても、一度再生を始めた言葉は止まらなかった。

（ヤリ捨てるって、すごい言葉だ）

突然ぽいっとひとりにされた日吉には、他人事《ひとごと》ではない気がしてしまう。

悲しい、という気持ちは怖いものだ。とても普段の日吉には考えつかないようなところに、思考が飛んでいってしまう。

（必要ないって言われたってことは、もしかしておれ、捨てられた？　昨日最後までしたから、もうおれに興味がなくなって、とか）

そこまで考えて、ちいさく頭を振った。

田嶋は、そんな人間じゃないはずだ。

意地悪だったり、素っ気無く感じることはあるけれど、本当はやさしいということを、日吉はもう知っていた。だってそういうところこそを、好きになったのだから。

(そうだ。さっきおれを突き放したように見えたのも、きっとなにか、理由があるんだ。竹内さんの言ったことなんて、嘘だ)

ただ、くだらない噂とはいえ、人に見えるところでべたべたしていたら、田嶋に余計な迷惑がかかるというのは事実かもしれない。休日も、なにをするにもついていくのが楽しかったけれど、そういうところを見られると困るのは田嶋なんだ。そんなこと、考えたこともなかった。

(……さみしい)

夕食のあとも、田嶋はひとり作業を続けていたようだった。いつもなら寝る時間になってもアトリエの明かりが消えることはなかった。

翌日から、個展に向けて田嶋の作業はますます本格的になっていった。

叔父との打ち合わせで、日程や大体の作品ラインナップが決まったらしい。ギャラリー・ウフで今やっている夏の個展のあと、間をすこし空け、秋から田嶋の個展が始まる。

季節は本格的な夏になり、アトリエもエアコンのお世話になるようになった。

ただ田嶋は暑い野外での作業も好んでいて、ちいさい作品の場合は外の木陰に作業台を運び、石を削る。ここ数日の昼間はその作業が続き、メイン以外の細かい作品を一気に仕上げているようだった。

作業が終盤になると、日吉にできる仕事はぐっと減る。野外での作業の際は石粉も掃《はら》う必要がないので、余計にすることがなくなり、ここ数日は買い出しくらいしか任されていなかった。

それに、田嶋は先日言っていたとおり、深夜も仕事をしているようだった。その時間は立ち会うことすら許されていないので、日吉は毎晩悶々とした気持ちでアトリエの淡い明かりを見つめることしかできないでいる。

もっと田嶋の役に立ちたい、と考えている日吉には寂しいことだけれど、やれることを精一杯やるしかない。しょげた様子を見せないよう、日吉は紙袋を掲げながら、なるべく明るい笑顔を作った。

「田嶋さーん、エミリー・シャルパンティエのジェラート、買ってきましたよー」

カン、カン、と庭で軽やかな金属音を響かせている田嶋に向かい、日吉はすこし離れたところから声をかけた。

田嶋のお気に入りのスイーツ店がある駅前からアトリエは徒歩十分程度で、その間にも頭のてっぺんにじりじりとした日差しが降り注いだ。太陽に焼かれたアスファルトも、そこから立ち上る熱気も凶暴なほどに熱い。日吉は田嶋のいる木陰に入り、汗に濡れたシャツをぱたぱたさせながら、ふぅ、と息をついた。

「あっつい。田嶋さん、今日暑すぎますよね」

「確かに。手が汗で滑って困る」

「あ、タオルありますよ。はいっ」

ふわふわのフェイスタオルを肩にかけてあげると、いちごのジェラートを食べていた田嶋が、ふ、と目を細めてこちらを見た。ちいさく首を傾ければ、日吉の緩やかに弧を描く丸い輪郭に沿って、透明な汗がつぅと落ちていった。

「おまえも食えよ、ここのジェラートは美味い」

「はい。でもとりあえずおれ、シャワー借ります。シャツびしょびしょで気持ち悪くて……」

「待て、ちょっと来い」

ふ、と笑った田嶋が、ぎゅっと手を握ってくる。

「ん……」

田嶋の手のひらは冷えていて、火照った身体に心地いい。触れられると、素直に胸がときめく。

田嶋はどこか眠そうな瞳をしていた。片手は頰に触れ、もう片方でなにかを確かめるみたいに手を摩られる。

「や、田嶋、さん……っ？　なに、もぉ、暑い……」

ぞくぞくとした緩い刺激が腰に溜まって、大人しくしていられなくなる。両脚をもじもじと揺らせば、なにを考えているのかよくわからない田嶋の瞳がじっと顔を見て、それからやさしく微笑んだ。

「……なんでもない。おまえの仕事は今日はこれで終わりでいいから、シャワーでも浴びてゆっくりしてろよ」

「え……？　で、でも……」

「いいから。また何かあったら呼ぶ」

はい、と答えた声が、震えていなかったか心配だった。

日吉は素早くバスルームに駆け込み、冷たいシャワーを頭から浴びた。

それでも冷めない、夏のせいだけじゃない身体の熱さが辛い。大きく息を吸って、吐いてを繰り返し、なんとか欲求の波をやり過ごす。

はぁ、と甘い吐息をひとつ落として、日吉はタイルに流れる透明な水の流れを見る。

(田嶋さん、最近、ほんと忙しそう……)

いつ寝ているのだろうと思うようなスケジュールで、作品作りに没頭している。

休日にどこへでもついていくのはやめよう、と決意した日吉だったけれど、その意味がないくらい、田嶋は休日もずっと仕事をしている。

だから——、最近は、先ほどの休憩のときのような、ちょっとした触れ合いしかできていない。それは予想していたけれど、思った以上に辛い。

田嶋が自分に触れるのは、うれしい。けれどそれだけで手放されてしまうと、こうして身体に残った熱の処理に苦労してしまうのだ。今日は平気だったものの、あれ以上触れられていたら、きっとここで自らを慰めることになっていただろう。

(でも、おれが一方的に好き、って言ってるだけで、田嶋さんからはなにも……、だし、なんでしないんですか、なんて責められない)

一度身体を繋げたけれど、あれ以降はない。あのときは日吉もどこかおかしくて、自ら田嶋を押し倒したけれど、彼が本格的に忙しそうにしている今、とてもじゃないができない。

それでも——、触ってほしいと思ってしまう。

日吉はきゅ、とシャワーのコックをひねり、鏡の中の自分を見た。

(おれ、いつからこんなふうになっちゃったんだろ……)

水に濡れてとろりとしたはちみつ色に輝く髪が、火照った頬に張りついている。薄く開いた、やけに赤い唇からは吐息が漏れ、その響きはどこかねだるような、甘い余韻をバスルームに残す。

（……食べちゃって、ほしい）

熱くなる身体を持て余し、田嶋に食べられるのを待ち続けている。自分が熟れきった果実になったような、不思議な気分だった。

数日後も、相変わらず茹《うだ》るような暑さだった。

昼前から作業台の前で作業に没頭していた田嶋の様子がおかしいのに気付いたのは、日が傾き始めた夕方だった。

いつもの鮮やかな金属音ではない、鈍い音がアトリエに響く。

はっとした日吉が掃除の手を止め、田嶋の前に駆け寄ったとき、彼は作業台を叩いていた。ものを大切に、やさしく扱う田嶋には珍しい行動。思わず顔を覗き込むと、田嶋の表情にははっきりと疲れが見て取れた。

「た、田嶋さん、大丈夫ですか？　あんまり根を詰めすぎないほうが……」

静かに声をかけると、田嶋は汗で張りついた額の黒髪を払い、首を振った。

「わかってる。……ただ、だめだ」

「で、でもっ」

咄嗟に、ノミを手に取ろうとする田嶋の腕を遮ってしまった。視線が絡んで、諦めたように動きを止めた田嶋が、はぁ、と息を落とした。

影がかかる目元には隈《くま》が刻まれ、瞳も普段より虚《うつ》ろだった。凛々《りり》しい横顔に苦悩の表情を浮かべた田嶋が、掠れた低い声で言う。

「……スランプだ」

「スランプ……?」

「あぁ、そうだ。……クソッ」

悔しげに言って、作業台を強く叩く。

田嶋が今向かい合っている作品は、個展のメインとなる彼の『手』だ。日吉はてっきり、田嶋は深夜の作業でこれを仕上げているものと思っていたのだけれど、一見すると以前とあまり状態が変わっていないように見える。田嶋の言う、スランプが原因なのだろうか。

ただ粗削りの状態のそれは、素人目にはどこが悪いのかもわからない。メイン以外の細かい作品も、順調に完成しているのだ。でも素人が口出しするのは躊躇《ためら》われて、日吉はちいさく頷くだけに留めた。

「もうすこしでなにかが摑めそうだったのに。あとすこし……、なにかが足りない」

田嶋はうな垂れて手をぎゅっと握り、大きく息を落とした。狼狽《ろうばい》した様子の田嶋に影響されてか、アトリエの空気も弱々しい。こんなことは初めてで、日吉の胸が苦しくなる。

強く握り締めた拳を、そっと包み込んであげたい。腕を伸ばしたとき、田島が一際低い声で口を開いた。

「ヒヨコ……俺はこのまま今晩はアトリエに籠るから、先に寝てろ」

「じゃ、じゃあ、おれも一緒にっ」

「いい。おまえは寝てろ。来なくていい。いいな」

取りつく島もない、強く突き放す言葉に、なにも返せなかった。

きつい口調はいつものことで慣れているけれど、追い詰められた田嶋の眼光は鋭くぎらぎらとして、すこし怖かった。田嶋の心が荒れているのが、痛いほど伝わった。

（おれにできること、なにもないのかな）

日吉はとぼとぼと部屋に戻り、ベッドの上で白い天井を見つめた。

田嶋は作業中、ひとりだけの空間に潜る。だから自分がいてもいなくても、関係ないと思うのに。

（やっぱりすこしでも、なにかしてあげたい、と思うのはおこがましいのかな）

好きな人がひとり苦しんでいるときに、となりにいることすら許されないなんて。

それどころか、最近では、田嶋が忙しくてまともに話もしていない。

すこし前は休憩中にキスくらいはしていたけれど、ここ数日はそれすらもない。

(スランプだから、なのかな。でも、それだけじゃない気がする)

相変わらず、田嶋が毎晩アトリエに籠っているのも気になっている。絶対に中には入れてもらえない。一度様子を見に行ったこともあったけれど、シャッターが下りていて、声をかけてもまったく反応がなかった。

なにか、自分には見せられない理由があるのだろうか。

それとも、自分の存在がもう――邪魔だと思われたのかもしれない。ちょろちょろ田嶋の後について回るしかできない、雛鳥《ひなどり》のような自分。

「おれを雛鳥だって言ったの、田嶋さんなのにな……」

雛鳥は、親鳥の後ろを追いかけて移動する習性があるという。

休日に田嶋と一緒に出かけるのは、未知の世界が味わえて楽しかったな、と思い出す。

田嶋に身体を触れられるのは気持ちよくて、今まで知らなかったそんないやらしい自分の存在を知った。

仕事を教えてもらうときも、田嶋は怒りはするけれど、失敗する日吉を見捨てずに見守ってくれた。

ふたりでいるときは、笑い合って話すこともあった。かみ合わない会話も楽しくて、田嶋のとなりにいるのが好きだと思った。

　田嶋に出会ってから、彼にたくさんのことを教えてもらった、と改めて気付く。

「やっぱり田嶋さんは親鳥だよね。スパルタだけど、超優秀。……鳥さんも、そう思うよね？」

　ころんと寝返りを打って、ベッドサイドのチェストにある鳥の置物を見つめた。部屋をあたたかく見守る彼もまた、親鳥のような気がするのだ。

　窓の外が淡いオレンジに染まって、つるんと丸い石肌が甘いクリーム色に輝く。影の落ち方までが計算されているのだろうか。くちばしが笑っているみたいな、やさしい形に見える。

（こんなちっちゃいのに、完璧な作品なんだ。すごいなぁ……）

　ちらりと、部屋の端にあるちいさな作業台に目をやった。たまに時間を見つけては彫り進めている、日吉の石彫刻がある。

　優秀な親鳥。なのに、雛鳥はおちこぼれだ。

（おれって、もう邪魔なのかな。役に立たないから……）

　そうして親鳥に捨てられたら、雛鳥はどうなるのだろう。

「育児放棄……」

　口に出してみるとすこし笑えたけれど、同時に、喉の奥から嗚咽が溢れた。

　ぐす、と鼻をすすりながらベッドの上で丸くなり、日吉はひとりぼっちになった雛鳥のことを考えていた。

それからどれほどの時間がたったのかは定かではない。ふと気付くと、部屋は暗闇に包まれていた。涙が涸れているから、いつの間にか寝てしまっていたのかもしれない。

田嶋は、今なにをしているのだろう。日吉は思い立ち、ふらりと立ち上がった。

外に出てアトリエを確認すると、シャッターは閉まっているものの、明かりは点《つ》いている。

やはり、田嶋が作業しているのだ。

(なんで……？　おれが邪魔、ってことかもしれないけど、でも、追い出されることはないのは……)

改めて考えて、はっとした。

——君に外見以外の価値はないだろうしさ。

竹内の言葉。

そんなはずない。そう思うけれど、自分の価値が本当にそれしかないとしたら、田嶋が自分をクビにしない理由は——。

「や……、そんなはずないよ。おれの外見なんて別に……なに自惚れてんの、おれ……」

言い聞かせるみたいに口に出す。

けれど一度浮かんでしまった考えはなかなか消えてくれなくて、もう、それが真実のような気がしてしまう。田嶋のことを信じたいのに、思考回路が混乱して、複雑に絡まっている。

考えれば考えるほど、夜の黒闇の淵にずぶずぶと沈んでいく感覚。

——君みたいなかわいい男をとっかえひっかえヤリ捨ててるって有名で……。

竹内の声が、頭をぐるぐる回る。

「ちが、違う……っ、違う！」

その声を消したくて、どうしようもなくてちいさく叫ぶ。涙も一緒に溢れそうになって、ぎゅっと瞼を強く閉じる。

（やだ……、怖い。なんでおれ、こんなことばっかり考えちゃうんだろう）

誰かに、助けてほしかった。きっと親鳥がいないと、雛は死んでしまう。

ひとりでいたら、おかしくなってしまいそうだったのだ。日吉はその場にうずくまり、震える指先を携帯電話に滑らせた。

田嶋のことを話せる相手。叔父か、姫野しかいない。朝が早い叔父はきっとこの時間にはもう寝ているし、田嶋との関係を話したら、心配性な彼は卒倒してしまうかもしれない。それなら——。

日吉は、ぐっと覚悟を決めて、メール送信画面を開いた。

「ヒヨコちゃーん。こっち、こっち」

さらさらとした茶髪をなびかせ、こちらに手を振っている姫野の姿が見える。日吉はそこに駆け寄り、はぁはぁと、息を整えながら口を開いた。

「こんばんは、姫野さん……っ。ごめんなさい、こんな夜に……」

「ぜーんぜん、超暇してたからいいんだよ。ってか、やだ、ヒヨコちゃん走ってきたの？」

日吉が姫野に『田嶋さんのことで、相談に乗ってほしいんです』というメールをして数分、姫野から着信があった。近くにいるから会う？　と言われ、田嶋のアトリエから徒歩十分程度の駅前の公園で落ち合ったのだった。

「う、うん……っ、だって、田嶋さんアトリエにいるし……、ほんとは、夜に無断で外出るのはだめ、この辺は物騒だからって言われてるから」

日吉は弾む呼吸を整えながら、汗が滲む癖のある髪を耳にかけた。

「この辺は物騒、ねぇ。駅前の治安も悪くないし、閑静な住宅街じゃないの。あいつ、ヒヨコちゃんのことよっぽど大事なんだよ」

「そう、かな……」

姫野に笑って言われたものの、うまく笑い返すことができなかった。その反応でなにかを察したらしい姫野が、すとんとベンチに腰掛けながら言う。

「織斗のことで悩んでるんだね。あいつって、相当わかりにくいもんね～。俺もわけわかんないこいつ、って思って苦しんだことあったよ、昔」

　日吉もとなりにそっと腰を下ろして、ちらりと姫野を見た。

「姫野さん、も……？」

「うん。数年してからやっと、あーあいつ、あんときもしかしてああ思ってたのかなーとか理解したりしてね～。当時はわっけわかんなかった！　つーか、今でもわかんないことはたくさんある！」

「そ、なんだ……。おれ、姫野さんは、田嶋さんのこと、なんでもわかってるのかなって思ってたな……」

　言葉にしながら、性懲りもなく胸がちくりと痛む。

　えっ、と姫野が高い声を上げてこちらを覗き込んでくる。鼻先に、かすかに大人っぽいフレグランスが香った。

「ないない。えっ、あれ、もしかして、ごめん……、俺、ヒヨコちゃんを傷つけてた？」

「う、ううん、ていうか、おれが勝手に想像して落ち込んでただけで……」

「まじかー……」

　あー、と姫野が両手で顔を覆って、天を仰いだまま言う。

「あのねぇ、織斗と俺は、本当に、とっくに終わってるんだよ。ヒヨコちゃんには悪いけど、俺はああいう偉そうな男はもう無理」

ふふ、と笑い混じりの口調は、姫野が田嶋と別れてもなお、信頼関係で結ばれていることがよくわかった。姫野の言葉にすこしだけ安堵しながら、やっぱり妬《や》ける、と日吉は思った。

「えー、相談って、そのこと～？」

「あ、違う、その……、じつは……」

ここ最近、スランプに陥ったという田嶋が夜アトリエに籠っていること。作業は手伝うな、入ってくるなと拒否されること。そんな田嶋についての不思議を、日吉はたどたどしくも、しっかりと話した。

静かに頷きながら聞いていた姫野は、うーん、と伸びをして背もたれに寄りかかった。

「うーん。なんだろ、それ。なんかあるな～」

「だ、だよね。おれ、入ってくるなって言われて、すごい悲しくて。なんか、おれって邪魔なのかな、とか思っちゃったり、おれって信頼されてないのかなとか……、それこそ、さ、最悪、ヤリ捨てられて……っ」

言いながら、じわじわと悲しくなってくる。こんなことを考えてる自分こそ、田嶋を信頼していないのではないか。

「ちょっ、ちょっと待って、ヒヨコちゃん！　そんなはずないじゃん、どうしたの？」

「だ、だって、おれの価値なんて、外見しかないって……、竹内さんが言ってたから……」

「あー……もう、あいつは……っ」

ダン、と地面を叩いてから、姫野が大きなため息を落とす。

「竹内のことは気にしないで。あいつは織斗の才能に嫉妬しておかしくなっちゃってるだけだから」

「ん……、そ、なのかな、とは思ってたんだけど、なんか変なことばっか考えちゃって」

寂しげな声を出す日吉を見て、姫野がなにやら思案した様子で「ん～」と唸った。

「大丈夫だよ、ヒヨコちゃん。今の織斗がヤリ捨てとか、そんなことするとは思えない。数年前ならともかく……」

「数年前？」

日吉の知らない、田嶋の時間。

「あのね……、織斗は昔、ちょっと遊んでた時期あったんだ。まぁ俺もなんだけど」

驚いて顔を上げた日吉を見て、姫野が苦笑して、続ける。

「織斗と別れたあとくらいからかな～。ふたりとも自分がゲイだって自覚した辺りね。そのころって今よりも、性欲半端なかった……。って、いや、今もあるよ、当然」

「う、うん」

頷きながら、かぁ、と頬が熱くなる。

「あー……ちょっとヒヨコちゃんには刺激が強い話しかも。いい？」

覚悟を決めて、ぐっと首を揺らす。田嶋のことを、もっと知りたい。

「だからふたりとも、あのころはちょっと羽目外してた。織斗なんてあの顔と体形だから、ちょっとその手の店に顔出せばすぐに引っ掛かる男がいるわけ。当然俺もそうだけど。そういうふうに適当に遊んでたら、あるとき、そのツケが回ってきた」

「つけ？」

「うん。かわいい顔して織斗に近づいた男がね、織斗が寝てる間に鍵盗んで、アトリエの荷物をぜーんぶ盗《と》ってった。ガッツリ、全部だよ？　その容赦のなさ、逆に感心するよね」

「そ、そんな……、ぜんぶって、作品も、ぜんぶ……？」

田嶋の作品や、手を入れられるのを待っている石材たちが並ぶきらきらとしたアトリエ。それが消えて、がらんとしたところを想像するだけで、泣きそうになる。ふにゃりと唇を歪めていると、姫野が慌てて手を振った。

「あくまで過去の話だからね、ヒヨコちゃん。あ、お情けで、織斗が大事にしてた彫刻の道具だけは残してあったんだって。でも盗られた作品は海外で別の作家のものとして売られたらしくって、所在もわからない。さすがの織斗もそれには相当ダメージ負ってた。そりゃそうだよね。そんなキッツイお灸《きゅう》すえられてから、織斗は不特定多数と遊ぶのやめたみたい。健全……だけど、その代わり、人を信じられなくなっちゃった……っていうね」

「……あ……」

田嶋が壁を作るのも、最初のころ、日吉を疑っていたのも、すべてしっくりきてしまう。

アトリエ前で立ち尽くす田嶋が頭に浮かんで、切なくて、胸が痛い。

初めて見た田嶋の作品の『とまどい』は、やはりきっと、田嶋の頭の中そのものだ。

人に期待して、とまどいながら手を伸ばして、また裏切られて。それを繰り返した田嶋の手は、それでも人のぬくもりを求めていたのではないだろうか。

だからこそ、自分があんなに、田嶋の手に強く惹かれるのではないか――。

(きっと、そうだ……)

田嶋がとまどいながら伸ばす手を、強く摑んであげたかった。ぎゅっと両手でシャツを摑んで、その衝動に耐える。

「ヒヨコちゃん、大丈夫？　ちょっと辛い話だったよね」

「ん……、だいじょぶ、です」

過去を見ているのか、どこか遠い目をした姫野が、こちらを見てふっと笑った。

「だからヒヨコちゃんの泊まりのアシが続いてるって聞いたとき、すっごい驚いたけど、やっぱなーとも思った」

「……ど、して？」

「ヒヨコちゃんがピュアで、まっさらだったから、かな？」

「まっさら……？」

姫野が上半身を元に戻して、ぎし、と木製のベンチが軋《きし》んだ音を立てた。

夏の夜の生ぬるい風が、ふわりと日吉のやわらかな髪を撫でていく。暑い中を走って、火照った身体がわずかに冷やされる。心地よさにふっと目を細めると、姫野がじっとこちらを覗き込んでいるのに気付いた。

「姫野さん？」

「……いや、ヒヨコちゃんって、やっぱかわいいなって。俺だったら、ヒヨコちゃんを泣かせないんだけどなぁ」

「お、おれ、泣いてないよ？　あ……」

日吉のやわらかな頬に伝っていったのは、涙ではなく汗だった。それを拭った姫野の指先は、思わずぴくりと肩が揺れるほど、艶《なまめ》かしい動きをしていた。

「……っ、な、なに……」

「あー、かわいい。……いいよね、ひとくちだけ。ご褒美ってことで？」

そっと顎を取られ、軽く顔を持ち上げられた。姫野の顔が近づいてくる気配に驚き、日吉が思わず瞼をぎゅっと閉じたちょうどそのとき、だった。

ざっ、と砂を蹴る音がして――、なにかの予感に、日吉は弾かれたように顔を向けた。目を向けた先、公園のライトに照らされ、はぁはぁと肩で息をする田嶋が呆然と立ち尽くしていた。

姫野がちいさく舌打ちして、手を離した。日吉が目を見開くと、田嶋はゆっくり、一歩ずつ近づいてくる。ベンチの前まで来たところで足を止め、日吉の腕をぐいと摑んだ。

「……おい。ヒヨコ、帰るぞ」

「あ……、お、おれ……っ」

さぁ、と血の気が引く。田嶋の言うことを無視して、勝手に抜け出したのがバレてしまった。しかもたぶん、姫野に迫られているところを見られた。

「ふっふ。おまえがヒヨコちゃんと捕まえとかないから……、」

「放したつもりはない。ヒヨコが勝手に外に出ただけだろ」

低く温度のない声に怯《ひる》んで、びくんと日吉の肩が揺れた。

「ご、ごめんなさい……、田嶋さん、おれ」

「言い訳は家でみっちり聞いてやる。いいから、帰るぞ」

ぐっと引き寄せられ、日吉は慌てて立ち上がる。強く摑まれたままの腕がわずかに痛んで、眉を下げたときだった。

「織斗、ヒヨコちゃん痛がってるじゃん。離せよ」

「……ア？」

歩き出そうと姫野に背を向けた田嶋が、肩越しに振り返って低い声を上げた。触れた手のひらが熱くて、田嶋が苛立っているのが伝わる。

「おまえに指図される謂れはない。ヒヨコ、行くぞ」

「おい、待てって！」

姫野が駆け寄って、田嶋の肩に掴みかかった。突き飛ばすようにされた田嶋は日吉の腕を放し、ゆっくり姫野に向き合う。

「なんだ」

「帰ってヒヨコちゃんを怒る気？　やめろよ。悪いのは織斗なのに」

「確かに俺が悪かった部分もあるが、おまえには関係ない」

「あるね。ヒヨコちゃんは俺を頼ってきたんだよ？　織斗がヒヨコちゃんを泣かせるのは許せない」

頼ってきた——、という言葉に、ぐっと田嶋の眉が顰《ひそ》められる。

「ヒヨコ……」

一瞬田嶋に視線を向けられ、横でただ立ち尽くしていた日吉はびくんと身体を揺らした。

「……だからって、こいつに手を出すことはないだろ。ヒヨコはおまえみたいに誰でもいいって男じゃないんだよ」

「は？　さすがの俺だって誰にでも勃つわけじゃねぇから！」

「どうだか。貞操観念ゆるゆるのくせに」

「はぁ⁉」

ふたりが向き合って睨み合う。

姫野が先に、田嶋の胸倉を摑み上げたように見えた。途端に始まる、激しい口論。

「俺に八つ当たりしてんじゃねぇよ！」

「そんなことはしていない。真実を言ったまでだ！」

落ち着いた声を出していた田嶋までもが語気を強めた。低い声が唸るように響く。

姫野の怒声も、体格差など忘れるほどの迫力がある。今にも殴り合いに発展しそうな雰囲気に、日吉の両脚がちいさく震えた。

「や……、やめ……」

汚い言葉で傷つけ合っている。そんなふたりの姿は見たくなくて、日吉はやめてと言いたいのに、うまく声が出なかった。

「あーっ、ふっざけんな！　もうキレた、一発殴らせろ！」

叫んだ姫野が田嶋の胸倉を放し、腕を振り上げる。それを横に避《よ》けながら、拳を摑もうとした田嶋の指先が、勢い余って姫野の顔に触れたらしい。

「いっ、てー……」

姫野がちいさく呻いて、手の甲で口元を拭う。綺麗な形の唇に薄く、血が滲んで見えた。

それを見た日吉は驚いて、ひ、と喉を鳴らした。

おそらくそれに田嶋が怯んだ瞬間、だった。姫野の握りこんだ拳が、田嶋の腹に叩き込まれた。湿った夏の空気に、ひどく鈍い音が響く。姫野が離れると同時に、田嶋の大きな身体がわずかによろけた。

「田嶋さん……っ！」

ぐらりと斜めになった田嶋の姿を見て、日吉の身体がようやく動いた。慌てて田嶋の前に駆け寄り顔を覗き込んでも、その瞳は姫野を強く睨んでいる。まだ続ける気なのだろうか。

「田嶋、さん……っ、ふたりとも、も、やめてよ……」

日吉は震える唇を開いたけれど、ふたりは聞き入れる様子もない。

「クソ……っ」

「俺の顔に傷つけた罰」

楽しそうな姫野の声に、田嶋が悔しげに舌打ちをする。田嶋がやり返す気配はないけれど、ふたりの睨み合いは続く。

「もう、ふたりとも……」

感情の種類は違えど、日吉はふたりのことが好きだ。これ以上怪我をしてほしくないし、罵《のの》り合《あ》いも見たくない。元はといえば自分のせいなのだと思うと悲しくて、日吉は喉をしゃくりあげた。

「も、やだ……――っ」

はっとした田嶋と姫野が動きを止めて、こちらを見たのがわかった。嗚咽混じりの声を上げながら、必死に訴える。

「やめて、お願いだからっ！　もう喧嘩とか、見たくない、よぉ……っ！」

静かな公園に日吉の舌ったらずな声が響いたとき、目の前のふたりのピリピリとした怒気が消えた。お互いを傷つける言葉も止まり、日吉はほっとして身体の力が一気に抜けた。終わったんだ、と安堵したせいか、大粒の涙が目からぼろぼろと零れてしまった。

途端に聞こえてきたのはふたりが日吉を呼ぶ声で――、涙でふわふわとした視界の中に、うろたえた顔がふたつ見えた。

きっと殴り合いの喧嘩は初めてではなかったのだろう。一瞬顔を見合わせたふたりはすぐに目を背けていたけれど、泣き出した日吉を慌てて慰める姫野と、その横で立ち尽くす田嶋との間には、先ほどまでの険悪なムードはない。ただ姫野の指先が日吉の涙を拭うのを、田嶋は表情を変えずにじっと見ていた。

「ヒヨコちゃんを責めるなよ」と念を押し帰っていった姫野の背中を見送ると、田嶋が無言で手首を取ってきた。

大人しく腕を引かれて、坂道を上っていく。数分して見えてきた、田嶋の家。

アトリエに入るのかなと思っていたら、連れていかれたのは田嶋の部屋の、ベッドの上だった。そこに座れ、と言われて、黒いシーツの上に腰を下ろす。辺りからは田嶋のいつもの甘いにおいがした。

「顔を洗いにアトリエを出たとき、こそこそとここを出ていくおまえを見た。放っておこうとも思ったが、気になって仕方なかった」

「あ……」

「……理由を聞かせろ。どうしてこんな夜に抜け出して姫野と会ったりするんだ？　おまえはあいつが男もイケる奴だって知らないわけじゃないだろ」

こちらを見下ろす田嶋の視線がどこか虚ろで、汗でわずかに濡れる黒い前髪に隠れた瞳には、光が感じられなかった。

日吉は見ていられず、へたりと俯いた。黒いシーツをぎゅっと掴んで、やわらかい皺を作る。前にこれを見たときは、あんなにドキドキしたのに。今は心臓が嫌な音を立てている。

「知ってたけど、ひ、姫野さんは、おれのこと弟みたいに思ってくれてるのかなって……」

「弟？」

ふ、と息を吐いた気配がしたと思うと、顎を掴まれ、顔を上げさせられる。田嶋は感情が見えない瞳のままだけれど、至近距離でじっと見つめられれば、日吉の大きな瞳は簡単にとろりと潤んでしまう。

「田嶋、さん……？」

「もし弟と思ってたとしても、だ。そんな泣きそうな顔した男に夜呼び出された身にもなれよ。おまえは全然わかってないかもしれないが、誘われてると勘違いされてもおかしくない」

「ひ、姫野さんはきっと、おれをからかってただけで……っ。だって、その前は、色々話を聞いてくれたりしてたんです」

「やさしい顔で聞きながら隙あらば喰おうとしてたんだろ。赤ずきんの狼みたいなもんだ」

「え……？」

目を見開けば、口の端を上げた田嶋がそっと顔を寄せてきた。

「……おまえみたいに顔も性格もピヨピヨしててかわいい『ヒヨコちゃん』なんて、そうそういるもんじゃないんだよ。男とはいえ、すこしは自覚しろ」

「……っ！　あ……！」

耳たぶに唇を当てられて、やわらかく吸われる。じわりと熱い咥内に含まれ、ぴちゃりと濡れた音を立てて舌で転がされた。そのまま鼓膜に直接響くような声で話されて、日吉はぞくぞくと背筋が震えて、腰からくたりと田嶋にもたれかかってしまう。

「ひっ、ぁ……っ、や、田嶋さん……」

「感じやすいし、声もかわいい。おまえ、わかってんのか？　おまえみたいなのが夜ふらふらしてたら、悪い奴らに見つかってぺろりと喰われるのがオチだ」

「んっ、うそ、そんなの……、ぁ……！」

放置され熟しきった熱い身体は、すこしの刺激にも敏感に反応してしまう。

田嶋の指先が頬に触れ、するりと輪郭をなぞった。やさしい手つきに、勘違いをしてしまいそうになる。脚の間がじんと熱くなって、もじもじと腰が落ち着かなくなる。

「あ……っ、ぅ、う……」

「これだけで感じてるのか、おまえ。あぁ……さっき、姫野にもこうされてたな」

「えっ、ちがっ、おれ……」

「……姫野にもそんな顔してみせた？　そうやって腰揺らしてみせたのか？」

「……っ！」

強く肩を押され、シーツに沈んだところにすぐに圧し掛かられた。抵抗する間もなく田嶋の手が下腹部に伸び、熱くなり始めた膨らみに触れる。布の上から強く擦られて、びくん、と腰が跳ねた。

「あ……っ！」

田嶋の動きが荒っぽく乱暴で、こんなことは初めてで驚いた。今までも強引な素振りはあったものの、自分に触れる手のひらはいつだって、大切な道具を扱うときと同じように、やさしかったのに。

「や……っ、田嶋さん、や、だ……っ」

田嶋の気持ちがわからなくて、悲しくて、泣きたくないのに涙が溢れてくる。両手で顔を覆って、肩を震わせた。ひっくひっく、としゃくりあげる声は子供みたいで、恥ずかしいのに止まってくれない。

「うっ、く……、おれ、そんなこと……っ、しな……っ」

「……ヒヨコ？」

田嶋の声はどこか唖然としていて、もしかしたら子供みたいな泣き方だと、呆れているのかもしれない。

「おれ……っ、姫野さんに、相談に乗ってもらおうと思って……っ、ひ、ぅ」

「だからっ、おまえはそうでも姫野は……」

「だとしたら、なにが、だめなんですか……っ？」

「……ア？」

ひく、と喉を鳴らしながら、ゆっくりと声を出した。田嶋の気持ちが知りたくて、伝えたい言葉を必死に探す。

「おれが、姫野さんに食べられたら、なんでだめなんですか……？　田嶋さんは、どうして、俺にこういうこと、するんですか……っ？」

「こういうこと？　……おまえに触ること、か？」

「や……、っあ、ぁあ……！」

素早く下着を取られ、剝き出しになった熱を摑まれた。器用な手のひらで的確なポイントを刺激されると、すぐにとろとろと液を零す。

「やっ、や、……ぁん……っ！」

その先端をぴんと弾いてから、田嶋が耳元に顔を埋め囁いてくる。温度のまったくない低い響きに、腰がぞくんと疼いてしまう。

「おまえが俺を好きだから、だろ。触ってほしいって思ってる、くせに」

「お、思ってる、けど……っ、でも、田嶋さんは、んん……っ！」

開いていた唇の隙間に、田嶋の指先が入り込み、ぬるぬると咥内を弄られる。さらに昂りを触る動きも止まらず、感じるところを知り尽くした指先の動きに翻弄《ほんろう》されてしまう。

「俺の指、好きなんだろ？　いくらでもくれてやる」

「ん……っむ、ぅ……っ、んっ」

舌を摑まれて声が出ない。噛みついて顔を背けたかったけれど、田嶋の指を噛むなんて、日吉にはとてもじゃないけれどできなかった。瞼を閉じ、その指先をちいさな音を立てて愛しげに舐める。

こんなことをされても、田嶋の指だと思うと胸が熱くなる。ぺろぺろと夢中になってそこを貪《むさぼ》っていると、田嶋が喉の奥で笑う音がした。

（田嶋さんは、おれを、どうしたいんですか。おれのこと、どう思ってるんですか……）

そう聞きたいのに、言葉が出ない。久しぶりに感じる強烈な快感に、頭の奥で光がちらちらと明滅する。

「んっ、ん……っぁあ……――」

幹を擱まれ揺さぶられながら、先端を親指でぐりぐりといじめられる。痛いのに、気持ちいい。欲情の度合いを示すように角度が増し、溢れる液が田嶋の指先を汚した。

口の中の指先がゆっくり引き抜かれると、もう日吉は相反する感覚にひたすらに喘ぐことしかできなくなってしまう。

「気持ちよさそうな声。ヒヨコ……溜まってたんだろ？　おまえ、自分ではたまにしか触らないって言ってたもんな」

瞳を上げれば、激しい快感に滲み始める視界の中、田嶋は端整な顔を歪め苦しそうにしていた。

（なんで、そんな顔、するんだろ……）

ぐちぐちと田嶋の手の中で高められながら、日吉は喘ぐことしかできない自分を歯痒く思った。舌がもつれて、言葉は自らの甲高い嬌声にかき消される。

「俺が忙しくて触ってやれないから……、だから、姫野のところに行ったのか」

「や、ち、が……っ、田嶋さん……っ、や、ぁあ……っ」

大きく首を振って、違うと言いたいのに。田嶋が熱の根元を擱み揺さぶるから、うまく言葉にできなかった。

「なぁ、溜まってるなら俺がぜんぶ搾り取ってやるから。指だって、いくらでもやる。だからヒヨコ、勝手にどこかに飛んでいくな」

切なげな瞳でじっと見つめられながら、日吉は熱を放出した。

(そんな顔して、どうしてそんなことを言うんだろう)

びくびくと腰を震わせながら、霞む意識の中、そう考えていた。

その後も何度も立て続けに攻められ、三度目の射精を田嶋の口の中でしたとき——、日吉は黒いシーツに埋もれたまま、涙で濡れた瞼を伏せ、ふわりと意識を手放した。

5

翌日、日吉《ひよし》が目を覚ましたときには、ベッドの上に田嶋《たじま》の姿はすでになかった。

正午を過ぎ、漆黒のシーツに眩しいほどの日差しが差している。そのコントラストが綺麗で、置きぬけの目に痛かった。じわり、涙が滲む瞼を擦り、日吉は自分の身体を見た。

「……っ、おれ……」

何度も激しく高められ、気を失うように寝てしまったらしい。けれどやはり、身体は綺麗にされていた。

ベッドサイドには、ラップがかかった朝食が置いてある。

田嶋が自分のために用意したのだと思うと、胸がぎゅっとした。初めて身体に触れられたいつかの朝と同じだと思ったからだ。

昨日の田嶋はおかしかった。スランプで追い詰められて、きっと正常じゃなかった。そんなところに自分が余計な手間をかけたから、それで、田嶋の葛藤《かっとう》が暴走してしまったんだ。

無理やりあんなことをされたというのに、昨晩の姫野《ひめの》の話を思い出すと、田嶋が心配で仕方なくなる。

日吉はもそもそと食事して身支度を済ませ、ふらふらとアトリエに足を向けた。

あのやさしい空気に触れたかった。田嶋が長年かけて作り出した空気。一度壊されて、人間への信頼は消えても、田嶋の彫刻への気持ちは変わらなかったんだ。

彼に大切にされている石や道具たちは、いつでも幸せそうな感情を纏ってきらきら輝いている。

（……いいなぁ、あの子たち。おれも、田嶋さんの、ものになりたいよ）

そんなおかしなことを考えて、へへ、と日吉はひとり力なく笑った。

泣きそうになるのを我慢して、アトリエの入り口に向かって、田嶋に挨拶をする準備をした。拒絶されなければ、田嶋の手に触れたい。腫《は》れた瞼を擦り、頬を両手でぱちんと叩く。

アトリエの前まで来て、そっと中の様子を窺った。

いつもどおりだ。明るい光に満ちた室内で、石たちが呼吸をしている。田嶋のこだわりと信念が詰まった、空間。その中央に、田嶋がいる。

彼は作業台の前に立ち、個展のメインである『手』を眺めているようだった。きっとまた寝ていないのだろう、ひどく疲れた顔をしている。けれど、昨日とは雰囲気がまったく違っていた。

スランプだと苦しげに言っていたときの彼ではない。目の前にした作品はいまだ未完成で、先日見たものとなんら変わりはないのに。

細められた瞳から溢れる、使命を全うしたかのような充足感はなんだろう。

まるで田嶋を含めてひとつの作品のようだと感じて、思わず息を呑んだとき、田嶋がこちらに気付いた。

(うわ……)

視線が合った瞬間、頬が熱くなるのを感じた。鼓動も速くなって、胸が苦しい。

もうとっくに落ちているのに、今初めて恋に落ちたような錯覚をする。

「ヒヨコ。ちょうど今……」

田嶋がなにかを言いかけて、アトリエの端を指差したとき、だった。

背後から聞き覚えのある靴音がした。自然に身体が拒否反応を起こし、背筋にぞわり、嫌な感覚が伝う。まさか。

「田嶋……」

日吉が振り向くよりも早く、いるはずのない男の声がした。

竹内《たけうち》だ。

「おまえは、どれだけ僕を愚弄《ぐろう》したら気が済むんだ……」

「なんだ、おまえ」

震えているのは怒りからだと、竹内の顔を見てすぐにわかった。きつく眉を寄せ、唇が戦《わな》慄《な》いている。

どうしてここに、とか、なんの用ですか、とか言いたかったけれど。田嶋を睨《にら》む据わった瞳が恐ろしく感じて、日吉はすぐには声が出なかった。竹内が勢いよく横切っていくのを呆然と見つめてから、はっとして振り返る。

　竹内が田嶋のもとに、一直線に向かっていく。それから竹内が田嶋の胸倉を摑み上げるまで、一瞬の出来事だった。

「聞いてるのか、田嶋っ！」

「ア？　なんだ、おまえは」

　田嶋が煩わしそうに竹内の腕を払い、はぁ、と息を落とす。

「どうしてここがわかった？　俺はアトリエの場所を一般公開していないんだが」

　田嶋の声を聞き、ふと先日アトリエの庭に竹内に似た人影を見たことを思い出した。まさかあれは、本当に竹内だったのか。でも、いったいどうやって。

「そんなことはどうでもいい。僕が聞きたいのは、おまえが姫野くんになにをしたかってことだ」

「……姫野に？」

「そうだ」

「話が見えないな。俺が姫野になにかしてやった記憶はないが」

「しらばっくれるつもりか？　あの傷だよ！」

　竹内がまた声を荒らげ、田嶋に摑みかかろうとする。田嶋が素早く避《よ》けると、竹内はカッと顔を赤くした。

「姫野くんの唇に傷があったんだ。どうしたのかと聞いても首を振るばかりで、でも僕は昨日、彼がこの辺りに向かったのを見た。……やっぱりあのとき、引き止めればよかった！」

昨晩のふたりの口論の際にできた、姫野の口元の傷。それを見て、竹内は逆上してここに来たのか。

「おまえが……姫野くんを傷つけたんだろ……っ」

「ア？　確かにあれは俺がつけたもんだが、不可抗力だ。あいつも悪い」

「姫野くんから誘ったとでも言いたいのか……？」

竹内の握り締めた拳がぶるぶると震え、殴りかかるのを我慢しているように見える。昨晩のことが脳裏に浮かび、日吉はさぁっと血の気が引いていくのを感じた。

「待て、おまえ、なにか勘違いしてないか。俺は別に」

「だから、しらばっくれるなと言ってるんだ！」

竹内が一際大きな声を上げた。

（だめだ、危ない……）

ここで昨日と同じような騒ぎが起きたら、田嶋の作品たちに傷がついてしまうかもしれない。思ったらすぐに身体が動いて、日吉は竹内の横に駆け寄った。

「竹内さん、誤解です！　あの傷はおれのせいで……」

「君は無関係だ、引っ込んでてくれ！」

言いながら強く肩を突き飛ばされたけれど、引くわけにはいかなかった。ぐっと身体を戻して、竹内に問いかける。

「竹内さん、聞いてください。あれは、おれのせいで田嶋さんと姫野さんが口論になっちゃって、そのときにできた傷で……だからどっちが悪いとかじゃなくて、事故なんです」

「うるさい、そんなの信じられるか！」

竹内が動くたびにカツカツと無機質な靴音が響くのが、妙に耳についた。田嶋も日吉もアトリエ内ではゴム底のスニーカーだから、余計に違和感がある。

竹内の怒声が響くのも、不快で仕方ない。田嶋のアトリエが汚されるようで、我慢できなかった。

「外で話しましょう、お願いだから……っ」

「おい、ヒヨコ？」

「竹内さん、こっちに……」

この男に、一瞬でもアトリエの空気を吸われるのが嫌だ。竹内の腕を掴んで引き寄せれば、ものすごい力で振り払われた。

「あ……！」

勢いよく突き放されたせいで、バランスを崩した身体がぐらりと後ろに傾く。

瞬間聞こえた田嶋の「ヒヨコ！」という声で、はっと思い出した。背後には完成作品の載った作業台がある。一瞬の判断で日吉は身体をひねり、肘から床に倒れこんだ。

ざぁ、とコンクリートの硬い床で腕が擦れたけれど、田嶋の作品は無事だった。よかった、と安心していると、「おい！」と声を上げた田嶋が駆け寄ってくるのが見えた。

「おまえ、血が……」

「え？　あ、ほんとだ……」

田嶋に支えられて立ち上がり、打った腕を見ると白い肌に血が滲んでいた。そのコントラストのせいかひどく痛々しく映るけれど、見た目ほどひどい痛みではない。

「でもちょっと擦りむいただけだから、大丈夫です」

「そうか。念のため、リビングに消毒液があるからつけてこい」

田嶋は耳元でちいさく言ったあと、すぐに竹内に向き直った。そうしながら促すように日吉の肩を叩く動きはやわらかいものだったけれど——、手のひらが、ひどく熱かった。

「……大丈夫だから、心配するな」

「田嶋さん……？」

肩の上のぬくもりが離れたと思うと、田嶋は竹内の前に足を進めていく。音もなく近づくその迫力に、竹内はわずかに怯《おび》えた顔をしている。

「……竹内。おまえ、俺に何か恨みでもあるのか？」

先ほどまでとはまったく違う、田嶋の身体の一番奥から発せられたみたいな、低く威圧的な声。

　決して取り乱すことはないけれど、きっと田嶋は怒っている。激情というより、青い炎が燃えるように、静かに。

「そ、そうだ、田嶋。僕はおまえを恨んでる」

「やっぱりそうか。何人目だろうな、それ」

「ふざけるな。なにも姫野くんのことだけじゃないんだ」

「へぇ、なんだ、言ってみろよ」

　心配するなと言われたものの、田嶋の態度が挑戦的ではらはらしてしまう。

（でも田嶋さん、なにか考えがあるのかもしれない）

　日吉はふたりの顔が見える位置に移動して、遠巻きに見守ることにした。

「お、おまえの個展が決まったせいで、僕が持ち込んでた個展企画が流れたんだ。オーナーからそう言って断られたんだ……っ」

　そんなことが、と田嶋を見ると、彼は肩をすくめていた。

「オーナーの話をよく聞いたか？　今やってる若手の個展が好評だから、期間が延びたって話だろ。俺のはその前から決まってたんだから、おまえの企画はきっと元々ボツってたんだ。まぁあのオーナーのことだから、ギリギリまで悩んでくれたとは思うが。それでも通らなかったのはおまえの完全な力不足だろう」

思わず、日吉は顔を覆った。わざと煽《あお》っているのかもしれないけれど、この包み隠さず本音を言ってしまう性格も、敵を作る要因なのだ。ただ日吉は、そんなところも好きだ、と思ってしまうのだけれど。

「違う……違う違う!! 僕の力が劣ってるんじゃない、おまえが僕を恐れて潰そうとして……っ」

「言っておくが、俺はおまえがどんなものを作ってるかも知らない」

「……っ、同じコンクールで、何度も一緒になってるはずだ!!」

「入選してない作品のことは知らない。当然だろ」

その田嶋の言葉が、竹内の火に油を注いだらしい。カッと顔を赤くした竹内が、顔を覆って首を振る。

「うっ……嘘だ、嘘だ!!」

ひとしきり「嘘だ」と呻いた竹内は身体を丸め、肩で息をしていた。

数秒して顔を上げたときに見えた、その虚《うつ》ろな視線にぞっとした。自嘲したように口の端を上げ、はは、と笑ってから竹内は口を開いた。

「そうだな、どうせ僕なんか周りに期待されてたわりに芽も出なかった落ちこぼれだ……」

「……ア?」

「僕が消えても誰も困らない。僕がアート界から消えようと関係ないんだよ!」

竹内の悲痛な叫びがアトリエに響く。

一際大きな声だった。張り詰めた空気がびりびりして、日吉の背筋が震えるほど。厳しい世界だとは聞いていた。けれど、田嶋や姫野のように煌《きら》びやかな光が当たっている人間たちが輝けば輝くほど、その裏にできる影が濃くなることを、日吉はそのとき初めて知った。

けれど一見煌びやかに見える立場の田嶋にもまた、別の苦悩があることも知っているのだ。

「だから僕はなんだってできる。意味がわかるか、田嶋」

言いながら、竹内はアトリエの中央に足を進めた。ここにある作品の中で一際大きく、目立つ作品がそこにはある。田嶋の個展のメイン作品の『手』だ。

「田嶋さん、竹内さんが……っ」

怖くなって、田嶋に駆け寄りシャツを摑んだ。田嶋は口の端を上げ、安心させるように頭を撫でてくる。それからまた「大丈夫だ」と呟き、竹内の方に歩みを進める。

「田嶋さん……っ？」

立ち止まった田嶋は腰に手を当て、像とまったく同じ形の指先をまっすぐ、竹内に向けた。

「消える覚悟だから、なんでもできるってことか」

「そうだ……っ」

「わかった。やれよ」

「えっ？」

田嶋の言葉に、竹内が素っ頓狂《すっとんきょう》な声を上げる。

「それでおまえの気が済むならいい。壊せ」

「た、田嶋さん、なに言って……っ」

「大丈夫だ、ヒヨコ。……壊せよ、ほら。竹内、やってみろ」

竹内を煽る言葉を立て続けに投げる田嶋の瞳は真剣で、からかっているふうでもない。

「よ、よし、いいんだな！ 後悔しないな⁉」

勢いよく声を出し、自らに言い聞かせている。竹内の様子はまるで、怯えきった子供のようだった。

「おまえこそ後悔しないことだな。おまえも曲がりなりにも作家だろ、それをやったらもう立ち直れないだろう。本当にそれでもいいなら、かまわない。やれよ」

田嶋が言いながら、くい、と顎《あご》で合図をする。田嶋の顔と作品を交互に見ていた竹内が、何度か頭を振った。

「う……、うわぁああ……、ああっ——！」

追い詰められた竹内は、激しく叫びながら田嶋の作品を両手で掴んだ。

勢いのまま、真横に押しやる。何百キロもの石は簡単には倒れなかったが、竹内は渾身の力を込めたのだろう。

ぐらりとバランスを崩した灰色の塊が、田嶋の『手』が、ゆっくりと傾いていく。

「あ……、だめ！」

見ていられず、足が動いてしまった。作業台から落ちていくそれにぶつかったら、きっと怪我をするどころではすまない。そうわかっていても、日吉はじっとしていられなかった。田嶋の形をした作品が壊れてしまったら、田嶋自身が消えてしまいそうで。自分も、どうなるのかわからない。

「や、やだっ……、やめて……、やだっ‼」

「ヒヨコ！」

今にも作業台から落ちそうな塊に向かって走りかけた日吉の細い腰が、ぐっと摑まれた。後ろから伸びてきた田嶋の腕に力強く引き止められ、日吉の軽い身体は簡単にその胸の中に抱き込まれた。それでもなおも飛び出そうとする身体を押さえ込まれ、日吉は首を振った。

「こ……、壊れちゃう……、また、なくなっちゃうんだよ、田嶋さん……っ！」

田嶋を縛りつける過去の裏切り――作品が消えた、がらんとしたアトリエ。そんな思いをもう、田嶋に味わってほしくないのに。

「いいんだ。それにあの『手』は……」

「あ……っ、い、いや……っ」

嫌だ――、日吉がそう叫んだとき、黒い塊がぐらりと大きく傾いた。ゆら、と黒い影が揺れる。

見開いた日吉の瞳に、田嶋のあの『手』が床に落下していくのが映った。

それがスローモーションのように見えたのは最初の一瞬だけだった。

次の瞬間、アトリエに響き渡る、陶器が割れたような澄み切った音。

あまりにも綺麗で、一瞬目の前の出来事がどうなったのかわからなかった。

頭の中で白い閃光《せんこう》が走ったような気がした。

はっと見やれば、そこには床に散らばった黒大理石の粉砕した欠片。そして、欠けた田嶋の『手』が横たわっていた。

「ひぃぃ……、ひぃ……」

そう弱く叫んでいるのは竹内で、割れた作品の横で腰が抜けたのか、座り込んで両脚を闇雲に動かしている。

竹内の声は上擦っているから、もしかしたら泣いているのかもしれない。けれど目の前が真っ暗で、日吉にはそれを確かめることはできなかった。

壊れた『手』の元に駆け寄ろうとすると、危険だからと田嶋に止められた。

「あ……」

数メートル離れていてもわかる。欠けた田嶋の作品から伝わる空気。

「悲しんでる……、痛いよ……」

きらきら輝く欠片から、無残に歪んだ石の塊から、伝わってくるものがある。怒りや恨みではなく、悲しみ。共鳴したように日吉の胸も苦しくなって、切ない気持ちが流れ込んでくる。

「や……田嶋さん、おれ、苦しい……っ」

胸が張り裂けそうに痛くて、日吉は震える両手で胸を押さえる。

肩を包む田嶋の腕の力が、ぐっと強くなった。

田嶋が作品に吹き込んだ命が、呼吸が、すこしずつ薄くなるのが辛《つら》くて、日吉の瞳から涙が零れた。死んでしまったのではない。けれど、田嶋が作品に与えた体温は消えた。

美しい粉砕音が強く耳に残っているせいか、アトリエにその残響が聞こえる。その影響か、それとも本当にそうなのか、アトリエの中のものたちも泣いているように感じた。

「う……っ、う……」

田嶋に縋って泣き崩れる。肩を揺らしてしゃくりあげていると、背後から、唖然とした姫野の声がした。続いて、コンクリートの床を蹴る音。

「おい、竹内おまえ、なにやってんだよ……っ！」

痛ましい姿になった石の横にうずくまっていた竹内の横に、姫野が駆け寄っていく。縮こまる男の胸倉を摑んで引き上げ、ばしんと頬を叩いた。姫野の指先もちいさく震えて見えて、それがいっそう悲しかった。

竹内は半ば発狂しながら、姫野に支えられアトリエから出ていった。

日吉はそれを確認したものの、涙が溢れて止まらない。そのまま日吉は田嶋の腕の中で、夜が来るまでずっと、泣き続けていた。

そのあとの竹内の処理は姫野に任せたというけれど、どうなったのかはわからない。

竹内がどんな罰を受けようと、壊れてしまったものは元には戻らない。そう思うと泣けて仕方なくて、日吉は身体中の水分がなくなり干上がってしまうのではないか、と思うくらいに泣いた。

「ひ、ひ……っ」

いつリビングに移動したのかも覚えていない。窓の外が暗くなったころ、日吉の涙は涸《か》れ、ただしゃくりあげるだけの時間が続いていた。

田嶋はときおり姫野や叔父と電話をしていたが、ソファの上で、ずっと日吉を抱きしめていてくれた。

「おまえ、喉渇いたんだろ。声がからからだ」

ペットボトルを差し出されたけれど、飲む気にならなかった。

「ん……、いらない……」

力なく首を振ると、はぁ、と息を落とした田嶋が、ぐっとペットボトルを傾けた。ぽやんと半開きの口のままそれを見ていたら、ふいに唇を塞がれた。

冷たい水分が咥内《こうない》に流れてくる。舌で喉近くを撫でられると、もう嚥下《えんか》するしかない。こくこくと喉を鳴らして飲み干すと、田嶋の舌が舌の上をやわらかくなぞってから離れた。

「……ん……」

ひんやりとした唇の感触が離れると、喉は潤ったのに、なにか物足りない気分になってしまう。思わず泣き疲れて腫れた、とろんとした瞳で田嶋を見ていると、田嶋がさっと視線を外した。

「ん……、田嶋、さん……？」

「いや。そろそろいいか、と思っただけだ」

「なに、が……」

「タイミング……ってやつか。俺はそういうのに正直疎くて、どうやったらいいかわからないんだが……」

田嶋が言いながら、どこか気まずそうにしている。話が見えなくて、日吉がちいさく首を傾げたとき、田嶋がそっと日吉の腰を支えながらゆっくり立ち上がった。

「立てるか？　ヒヨコ、こっちに来い」

「ん……、あ、脚ががくがく……」

へへ、と笑ってみる。乾いた声が漏れただけで、きっと表情は作れていなかった。

「無理はしなくていい。ゆっくりでいいから」

震える身体を支えられながら連れていかれたのは、しんと静まり返ったアトリエだった。

あんなことがあった場所だ。できたら今はいきたくない。とまどった瞳で田嶋を見上げてみたけれど、田嶋はまっすぐに視線を前に向け、こちらを見はしなかった。はっきりとした強い決意を感じる表情に、日吉はなにも言えず、大人しく足を進めた。

壊れた作品の欠片は片付けられ、崩れた石には黒い布がかかっていた。日吉はぎゅっと唇を噛んでやり過ごし、田嶋に寄り添いながら歩く。

田嶋が立ち止まったのは、アトリエの端にある物置き場だった。

「ヒヨコ、これだ」

工具や石材の横にある、白い布に覆われたなにかを指先で示す。中身が丸い形をしているのは、その布の皺《しわ》のやわらかさでわかった。

「これだ。……おまえには、ずっとこの辺の整理を頼まないでいたの、気付いてたか」

「え……？　えと、はい……」

突然の話題転換に、頭の中にハテナマークが飛ぶ。いったい、なんの話だろうか。

「なにか、危ない電動の工具とかがあるのかなって思ってました……」

「なるほどな。確かに、俺はおまえに電動工具は触らせたくない、危なっかしくて」

「ん……」

田嶋がすこし笑って、腰に触れている手のひらが揺れた。ひく、と腰を引けば、それに気付いた田嶋は一瞬息を呑んで、それから前に向き直った。

「おまえが頭の方は鈍感でよかった。……これを見ろ」

「え……っ？」

ふわ、と白い布が取り払われる。

目の前に現れたのは、とろりとした乳白色の石でできた、丸みを帯びた——。

「手？」

「そうだ」

「こ、これ、いつ……」

白大理石でできた、田嶋の『手』と同じくらいのサイズの大型作品だった。

背景に見える黒い板とのコントラストで、眩しいくらいに輝く。

光に照らされて、というより、石そのものが内からじわじわ輝いているような錯覚をしてしまう。

「……あ、れ……」

美しく磨かれた滑らかな表面は、生々しい艶《なまめ》かしさすら感じる。

血潮も体温もしっかり感じるけれど、どこか静かだ。もしかして、寝ている——？

「寝てる、手、ですか？　これ……」

くたりと力なく垂れた手首のライン、なにを掴むでもなく、ただ甘くほどける五本の細い指。

大人のものだろう。ただ子供っぽい印象は、その細さとやわらかな丸みのせいだ。

田嶋の手と比べると圧倒的に頼りなく、幼い。けれど伝わる、ほのかに漂う生々しい淫靡《いんび》さ。

気付いてしまったら、ぞわりとした感覚が頭のてっぺんから足の先までを走っていった。

「た、……田嶋さん、これ……——っ」

見ていると胸が熱くなって、身体の芯が疼いていく。は、は、と細かい息を吐きながら、日吉は田嶋を見上げた。

「タイトルは『ちいさな死』だ。フランス語でLa Petite Mort、意味は知ってるか？」

「し、しらな……っ」

田嶋が意地悪く口の端を上げて、そっと指先で腰を撫でてくるから、うまく声が出せない。

そうされなくても、もう身体が震えて、田嶋にくたりとすべてを預けなくては立っていられなくなっていた。

「オーガズム後の……性的絶頂後の死んだような眠りのこと」

「せいてき……」

「もっと簡単に言うと……セックス後のヒヨコ」

言いながら、背中を滑った指先にふたつの膨らみの奥を突《つっ》かれて、日吉は田嶋に寄り添ったまま大きく身体を揺らした。

涸れたと思っていた涙が、瞼の奥からどんどん溢れて、また止まらなくなる。

「なんでこんな、いつ、作って……っ」

「だから……おまえが寝たあと、アトリエでだろ」

「あ……」

はっ、とする。

田嶋が自分に見せたくなかったもの、隠していたものは、まさか。

「衝動的に作りたくなって、最初は軽い気持ちで始めた。ちょうどいい石材を手に入れてたってのもあった。頭の中にある鮮明な記憶と、デッサンでいつもどおりうまくいくと思ったんだが……」

田嶋がすっと遠い目をして、その石肌を素手で撫でる。指先だけで、つつ、と触れるその仕草に、日吉の脚の間がひくりと反応する。

「や……、田嶋さ、ん……っ」

「……いい肌だろ。本物には到底かなわないが、いい線はいってると思う。この雰囲気を出すのに苦労した。早く形にしないと、記憶から逃げていきそうで怖くて、睡眠時間を削ったりしてなんとかやった。そのせいで、精神状態も悪かった。……姫野からもこっぴどく叱られたが……昨日は八つ当たりして、悪かった」

「お、おれ、田嶋さんに邪魔だと思われてるのかなって、すっごい不安で……っ」

「だから……、悪かった。隠し事ってのも苦手で、もしかしたらバレてるんじゃないかとも思ってたんだが」

「そ、そんなの、わかるはずない……っ」

田嶋がこそこそとしていたのは、こうして自分に完成した作品を見せるためだったのか。

「も、おれ、不安、で……っ」

不器用すぎるやり方に、文句のひとつも言いたかったけれど、うれしさが溢れて言葉にならない。これだけのものを作るのに、どれほどの時間と根気がいるのか。田嶋の作業を近くで見てきた日吉は、それをよく知っている。

邪魔に思われていたのではなかった。田嶋が自分のために作品を作ってくれた。喜びと安《あん》堵《ど》が混じり合って、身体が震える。

白い岩肌をいやらしく触る田嶋の手のひらを見ていたら、身体が疼いて仕方なくなった。なにかが繋がっているんじゃないかと思うほど、甘い快感が伝わってくる。

「田嶋さん……っ、や、あぁ……っ」

「石だぞ、これは。おまえの本当の肌じゃない」

「だっ、て……っ、あぁ……っ」

「仕上げが何度やってもうまくいかずに、他の作品までうまくいかない気がしてスランプを疑った。なんとか昨晩形にしたが……結局本当に満足いく出来にはなってないんだ。本物を超えることはない……」

「あ……」

田嶋が石から手を離し、こちらに手を伸ばしてきた。やわらかく手首を取られて、くたりと垂れた指先を口に含まれる。

「や……っ」

「おまえがよく俺にやることだろ？　やっぱり彫刻より本物のがやらしいな……におい……か？」

「ん……ん、やだ……っ」

手の甲に鼻を当てられ、恥ずかしさに身を捩《よじ》る。

やだ、とちいさく呟いて首を振る。けれど本当はうれしくて、いますぐにでも泣き崩れてしまいそうだった。

「さっきオーナーに、メインの作品の変更を頼んだ。今ごろ照明や設置台の変更の準備に追われているかもしれないな。申し訳ないことをした」

田嶋は申し訳ないなんて、ひとつも思っていないような自信に溢れた顔でふっと笑った。

「だからあの俺の『手』が壊されてもかまわなかった。むしろ壊してくれてありがたかったかもしれないな。偉そうに自分の手なんて作ったものの、結局俺の手なんて欠陥品みたいなもんだ」

「どこが……？　俺は、田嶋さんの手、大好きです」

「そうか」

田嶋の視線は熱く絡むようで、自分を求めている気がする。けれど、もっとなにか性欲とも違う、あたたかいものを同時に感じた。

（ちゃんと、食べちゃってほしい……、はやく）

じっと見つめれば、このままベッドに連れていってくれる気がして、日吉はとろんとした瞳で田嶋を見たのだけれど。

予想に反して田嶋の視線はすっと外され、目の前の淡く光る石に向かってしまう。

自分の手に負けた気がして、一瞬悔しかった。けれど、すぐに田嶋の瞳はこちらに戻ってくる。

「なにが伝わってくる？　この作品から」

「え……た、田嶋さんのえろいところ……？」

「それ以外は」

「おれの、えろさ……？」

「それもあるが……、俺は別の気持ちも込めたつもりなんだが」

田嶋を見上げると、なんとなく、気まずそうな顔をしている。見慣れない表情に、胸が疼く。

「なんですか……っ？　おれ、わかんない……」

潤んだ瞳を開ければ、田嶋がうっとたじろいだ。それからため息を落として、ふわふわと髪を梳《す》いてくる。

「本当にわかってないのか？　わかってんじゃないのか、おまえ。たまに、実はぜんぶ知られてるんじゃないかって気分になることがある。自分のことも、俺のことも、ぜんぶ見透かしてるんじゃないか」

「……んん？」

田嶋の言っている意味がわからない。きょとんと首を傾げれば、田嶋はすこしほっとした顔をした。

「おまえの、ものが生きてるように感じるっていうアニミズムは、この石にはないのか？　なにか伝わらないのか」

「あります……、幸せな空気があるんです、けど……。自分の手だと思うからかな、あんまり気持ちはわかんない……」

「ふぅん。色々あるんだな」

しばらくふたりで目の前の作品を眺めていた。

ふと目が合ったとき、田嶋がそっと頬にキスをくれて、それで「もうわかったよな」と言われる。

「え？　あ、あの、わかってないです……」

「……クソッ。わかれよ」

「ご、ごめんなさいっ。おれ頭悪くて……」

「そういう意味じゃない。むしろ俺の方が馬鹿なのかもしれない。伝え方がわからない」

「ん……？」

田嶋が、はぁ、と何度目かのため息を落として、頭を掻きながら言った。

「ヒヨコのことが、好きだ」

低くて、甘い響き。

「……っていう思いを、込めたつもりだったんだが」

ずっと夢見ていた、言葉だった。

お互い熱い身体をシャワーで清めて、我慢できずにお互いのものに触れた。

脚も腰も力が入らなくて、田嶋に抱きかかえられ裸のままベッドまで連れていかれた。

田嶋の部屋ではなく、日吉の部屋の白いシーツの上にゆっくりと身体を下ろされる。早く触れてほしいのに、田嶋は上から目を細めてじっとその姿を眺めている。

「や……だ……っ、田嶋さん、はやく……」

「あぁ、白いシーツもいいものだなと思ってた。白い肌には黒だろと思ってたが」

待ちきれなくて両手を伸ばせば、熱い身体が応《こた》えるようにゆっくり圧《の》し掛《か》かってくる。日吉はぎゅっと田嶋の首の後ろに腕を絡めて、田嶋からのキスを受け止めた。

「んっ、んぅ……、ふ……っ」

こんなふうにゆっくりキスをしてもらえるのは、久しぶりだった。うれしくて、日吉のほうから舌を差し出し、田嶋の口腔に入り込んだ。

ん、ん、とちいさな吐息を漏らしながら必死に舌を絡めていると、ふ、と田嶋の唇が弧を描いたのがわかった。

「ん……っ、んんぅ……っ！」

ぐい、と頭の後ろに手を入れられ、何度も角度を変えながら、入り込まれた舌に咥内を味わわれる。

溢れる唾液を飲み込まれ、喉の奥まで舐められた。吐息をも逃さないようなキスは苦しいのに、腰が揺れて止まらない。

（すご、い……、気持ちいい……）

田嶋のキスはいつも甘く感じる。粘膜同士が触れ合っているだけなのに、なぜこんなに気持ちがいいのだろう。背筋を通って甘い疼きが腰まで落ちて、脚の間の熱をひくひくと震えさせる。

今までは気がつかなかったけれど、もしかしたら、田嶋も自分を好きだと思っていてくれたから――、それがじわりとキスからとけて伝わって、こんなに感じてしまうのかもしれない。日吉はうれしくて、ぽろりと涙を零した。

そっと唇が離れて、絡み合う視線。えへへ、とちいさく照れ笑いをすると、田嶋もつられて薄く笑っていた。

「……ヒヨコ。俺の手、好きか」

「あ、あたりまえ……です……っ、あ……」

涙を拭《ぬぐ》ってくれていた田嶋の指先が、頬を伝って降りていく。首筋から鎖骨の下の窪《くぼ》みをなぞられると、熟しきった日吉の身体はそれだけでちいさく跳ね上がった。

「あ、だめ……っ」

胸元の突起を突かれ、腰が震えた。指の腹で転がされると、淡い朱に色づくそこはすぐにぷくんと立ち上がる。粒を押されるたび身体に火がつくようになって、日吉は白いシーツの上で快感に身を捩った。

「あぁ……っ、あ……っ」

「ちゃんと答えろ。……俺の手が好き？」

「す、好き……っ、ふ、あぁ……っ」

とろりと瞼を閉じて、田嶋の指先の動きを味わう。火照った全身を隅々まで丁寧になぞられ、愛撫《あいぶ》されると、田嶋のいつもの作業中の動きを思い出してしまう。繊細で、器用な指先。道具に触れるやさしい手つき。

昂《たかぶ》り続《つづ》ける中心が解放を求めて液を滴らせていたけれど、達したくなかった。触れることがうれしくて、このまま永遠に、田嶋の指に翻弄《ほんろう》されていたい。日吉はひくひくと全身を震わせ、とろけた思考の中で思う。

「は、ぅ、んん……っ」

指先が唇に触れて、薄く開いた隙間に入り込んでくる。歯列をなぞられ、素直に口を開ければ舌をゆるゆると撫でられた。それすらも感じて、身体のすべてが田嶋によって作り変えられていくのがわかる。

「ふぁ……、ぁ……っ」

ゆっくり引き抜かれ、濡れた指先をとろけた瞳で追った。もっと欲しい、そう思ったけれど、田嶋が濡れた瞳でじっと見つめてくるから、なにも言えなかった。

「俺のことは？」

「好き……です、なによりも好き……、えっ、あぁ、あ……っ？」

ふ、と笑った田嶋の顔が見えなくなったと思うと、急に脚の間があたたかいものに包まれた。濡れそぼった先端をぱくりと食べられ、ずるずると田嶋の咥内に含まれていく。

「ひ――、や、やぁ……っ」

引きつる裏筋を舌でなぞられ、果実めいた先端の淡い赤を味わうように舐《ねぶ》られる。ちゅう、と音を立てて吸い上げられ、すでにとろけきった性器は田嶋の咥内でさらに液を溢れさせた。

「あ、ぁ、ぁん……っ、ひ、あぁ……っ」

こんなふうに激しくされたら、日吉はすぐに達してしまう。大きく開かされた両脚を揺らして抗議しても、田嶋の動きは止まらない。

シーツを掴み襲ってくる快感に耐えたけれど、ひどく濡れた音を立てて上下に吸引され、身体が言うことを聞かなくなる。がくがくと、細い腰が揺れる。

「あっ、あ、だめ、出ちゃう……っ、もぉ……」

「ん……イケよ。出していい」

「やだっ、もっと、田嶋さん、おれ、もっとこのまま……っ、あぁ……っ！」

田嶋の唇が根元から先端までを擦ったとき、硬直した幹が大きく震えた。割れ目から白濁した液がとぷんと弾《はじ》けて、田嶋の舌の上に零れる。

「あ、あ、はぁあ……っ」

びくんびくんと跳ねる腰を掴まれて、あとから溢れるものもすべて飲み込まれていった。

それでも田嶋がそこから口を離す気配がない。達したばかりの性器は敏感になりすぎていて辛くて、日吉はちいさく首を振って抗議した。涙目を向けると、意地悪く口の端を上げた田嶋と視線が合う。

「ね、田嶋さん……っ、も、そこ舐めないで、ぇ……」

「……じゃあ、こっちか」

「え……？　え、うそ、やだ、やぁ……っ」

田嶋の舌が根元までをつぅ、と伝って、会陰《えいん》に落ちた。びくんと揺れた太ももを掴まれ、腰を折るように持ち上げられる。シーツに背中が沈み、やわらかい日吉の身体は簡単にいやらしい格好にされてしまう。ちゅ、とかわいい音を立てて田嶋がキスを落としたのは、やわらかい尻の奥のちいさな窄《すぼ》まりだった。

「あ、ぁあ……、やだ、田嶋さん、やだ……っ！」

ぬるりとした田嶋の熱い舌が、あまりにも敏感な粘膜を擦っていく。這うような動きで縁をなぞられ、突かれて、とろりとわずかにほころんだところにやわらかいものが差し込まれた。

「あ……あ……っ」

甘くて切ない刺激に、涙が零れる。内部の粘膜が何度もうねって、もっと奥へと田嶋の舌を誘い込む。日吉は白いシーツにはちみつ色の髪を散らし、かぶりを振って悶《もだ》えた。

「ヒヨコ、気持ちいいんだな。中がひくひくしてんの、わかるか？」

「や……っ、や……！　田嶋さん、おれ、ぇ……っ」

早くもっと奥を弄《いじ》ってほしくて、腰を揺らす。はしたないことをしているのはわかっていたけれど、我慢できそうになかった。

「田嶋さんの指、食べたい……、田嶋さん……っ」

瞼をぎゅっと閉じて、泣き声混じりで言う。いつもの田嶋なら、もっと焦《じ》らして焦らして、日吉が本気で泣き始めたころやっとこのあとに進んだのかもしれない。けれど田嶋は熱い吐息を落として、「わかった」と低く囁いた。彼の欲の衝動が伝わり、胸がじわりとときめいたとき、田嶋が濡らした指先をそこに宛《あて》がった。

田嶋の指が火照った粘膜をなぞりながら、ゆっくりと進入してくる。いつ用意したのか、ローションを塗りつけられ、ぬめりを足した指が内部を広げるように動いた。

「……ここ、前に教えた場所」

「あ、ぁああ、やっ、だめぇ……、あぁっ！」

ふと気付くと大きく脚を開かれ、激しい音を立てて三本の指が出し入れされていた。内部の田嶋が言う場所を狙って動かされると、びくんと腰が大きく跳ねる。

「あっ、ぁっ、やだっ、ぐりぐりしちゃ……ぁあ…っ！」

「よくなってきた、だろ。ほら、おまえの好きなところ」

ぐっ、ぐっ、とリズムよく何度も繰り返され、身体の痙攣《けいれん》が止まらなくなってしまう。強すぎる快感が急に訪れて、ぞわりと全身が粟立った。

三本の指をばらばらに動かされると、きゅっと内部の筋肉が動いて、田嶋の指を締めつけるのがわかった。思わず赤面していると、田嶋が指を引き抜き、はぁっ、と熱い息を吐く。

「……っ、だめだ、俺の方が余裕なくなってきた。……ヒヨコ、いいか？」

田嶋が脚の間で凶暴なほどに膨れたものを掴んで、内ももに当ててくる。その質量をリアルに感じて、日吉はちいさく息を呑んだ。

こくこくと頷くと、ころんと元のように転がされ、太ももを押し上げられる。

M字開脚のまま寝かされたようなこのポーズは恥ずかしくてたまらないのだけれど、田嶋の顔がよく見えるのはうれしい。ひとりではにかんでいると、眉根を寄せた田嶋に視線で「なんだ」と問われる。

「あの、田嶋さんの顔が、よく見えるなって。へへ」

「おまえの顔だって見えてる。……また勃《た》ち始《はじ》めたこととか、ひくひくしてるここだって」

「え……、やっ、や！」

脚の間で落ち着いていたものが、もう反応を始めていたらしい。それを指先で持ち上げられ、後ろの窄まりには田嶋の屹立《きつりつ》の先端が宛がわれた。

「どっちもとろとろ、だな」

根元から大きな手のひらで何度も扱《しご》かれたら、すぐに硬く勃ち上がってしまう。

「かわいい。……あとでまたゆっくり、ねっとりかわいがってやるよ、ここも」

「……──っ」

いちいちいやらしい言葉を囁かれるのは恥ずかしいのに、言われるたびにひくんと腰が反応する。田嶋はそれを知っていて、わざと声のトーンを落として囁くのかもしれない。

ふいに真顔になった田嶋に圧し掛かられ、ちゅ、とかわいらしいキスをされた。目を細めていると、後ろに触れていた田嶋の猛《たけ》りが強く押しつけられて、その熱さに思わず息を呑む。

「大丈夫、普通にしてろ。深呼吸でもして」

ふ、と薄く唇を上げた田嶋の表情が、思わず見とれてしまうほどに、壮絶に色っぽかった。

黒髪を散らし軽く頭を振った田嶋の、しっかりとした首筋に一筋、汗が流れて。あ、と思っていたら太ももを掴まれ、ゆっくり腰を押しつけられていった。

「は、ぁあ……、あぁ、あ……──」

指とは、比べ物にならない質量。一気に強まる圧迫感と、とろとろになったそこを広げるわずかな痛み。

けれど田嶋の性器が熱くて、ひどく硬いのがよく伝わってくる。びくんと脈打ち、自分を欲しがっている。そう思うと中に入り込む塊が愛しくて、日吉は胸が震えて仕方なかった。

「あ、ぁ、はぁ、ふぅ……ぅ……っ」

「うまいな、ヒヨコ。ちゃんと深呼吸してる……」

「……っ、ぜんぶ、はいった……？」

頷いた田嶋がわずかに顔を歪め、苦しそうにしている。脚を抱き直されながら軽く揺すられ、日吉はちいさく喘《あえ》いだ。自分の内部が蠢《うごめ》いて、田嶋の熱を包んでいるのが感覚でわかった。

「田嶋さんも、きもちい……？」

「……いい。熱くて……狭いけど、絡みついてくる。ここも……」

「ひ、やぁ……っ」

繋がった部分の縁を指でなぞられ、ぞくぞくした。いっぱいに広げられたそこが収縮を繰り返し、腰が疼く。

「んっ、ん……っ」

「ヒヨコ、腰……揺れてる。やらしいな」

「え……？　うそ、しらない……」

「揺れてる。ほら」

「あぁ、ぁ、んっ！」

ぐっと奥まで埋め込まれ、ぐりぐりと先端で壁を刺激される。そうされるとすぐに頭が白んで、日吉の細い腰はかくかくと上下に揺れ始めてしまう。

(勝手に、動く……、うそ、おれの身体じゃないみたい……)

田嶋にしがみつき、淫《みだ》らに腰を揺らめかす。内部で濡れた音が響き始め、たまらなく恥ずかしいのに止まらない。

「あっ、ぁっ、ちが……っ、やだぁっ……」

「おまえが腰振ってんだよ、ヒヨコ。……じゃあ、もういいな」

「や、ぁああ……っ、あっ、あっ!」

熟れきったそこは抽挿を繰り返すほどに濡れた音を立てて、日吉は羞恥《しゅうち》に全身を淡く染めた。いやらしくて、自分のそこが出している音とは思えなくて、けれどひどく煽られる。

「やっ、やっ、待って……っ、だめぇっ、ぁ、ん」

打ち付けられ重なる皮膚がぱちんと音を弾くたび、日吉の白い股座《またぐら》はローションなのか、体液なのかわからないもので濡れそぼり、糸を引いた。

「あっ、あっ、ぁっ、ひっ、ぁ……!」

粘着質な音と、お互いの熱い息遣いが部屋に響く。田嶋の抽挿の律動のリズムが速まり、日吉の嬌声も甘さを増していく。

引き抜かれ、押し付けられる。その動きが激しくなり、腹についた日吉の昂ぶりがひくんと切なく揺れた。

「あ、ぁ……、あ…ん…っ、やっ、ぁあ、おれ、もう……っ」

「もうか？　まだまだ、だろ」

「……えっ？　あ、ひあぁ、ぁ！」

腰を支えられながら、繋がったまま、上半身を起こされる。ふわりと田嶋の胸の中に抱き込まれて、同時にぐぷりと奥深くを突かれて、視界が田嶋に支配された。向かい合って座り、田嶋の脚の間に腰を落としている状態。

隙間がなくなるほど抱きしめられ、ぴったり密着する。それに驚く間もなく、ぐん、と田嶋が下から腰を揺さぶって、日吉の不安定な体勢の身体が大きく揺れた。

「ひあっ、あっ、あ、やっ、いきなり……、ぁあっ！」

激しく抱きしめられたまま、下から内部を貪《むさぼ》るみたいに掻き回される。瞼の裏が快感にちかちかして、日吉は怖いと思ったけれど、田嶋の顔から目を離さなかった。

(すごい、田嶋さん、おれのこと、食べ尽くそうとしてる……)

そう思った。思考も、視界も、聴覚も、嗅覚も、身体の奥まですべてが田嶋に埋め尽くされて、田嶋のこと以外考えられなくなる。

田嶋のことばかり考えているのは、普段からそうだけれど。そう思って泣き笑いしていると、田嶋もちいさく口の端を上げてくれた。官能的で、意地悪な笑み。このまま田嶋の腕の

中で、それだけをずっと見ていたい、なんて思ってしまう。

(おれ、田嶋さんの、ものになりたい。田嶋さんの……)

自分のすべてをあげたくて、日吉は田嶋の動きに応えようと脚を大きく開き、しがみつきながら腰を振った。

濡れた音はまったく別のものになり、田嶋の獣じみた動きにひたすらに感じた。

「あっ、ぁんっ、やっ、きもちぃ……っ、きもち、いい……っ」

内部で田嶋のものが脈打つたび、何度達したかわからない日吉のものも萎《な》えないままに淫液を溢れさせる。結合部も、触れる肌も熱くて、このままとろとろにとけて、ひとつになってしまいたかった。

「好き……、田嶋さん、好き……っ」

「あぁ」

「田嶋さん、おれを、食べて……、田嶋さんのものにして……っ?」

「あぁ……」

日吉の告白に目の前の田嶋はただ頷いて、今度は日吉を甘やかすみたいに、気持ちいいところだけを突いてくれる。それもいいけれど、もっと我を忘れて、自分だけを求めてほしい。

とろりとした瞳を田嶋に向け、そんな気持ちを込めて声を出す。

「……っ、田嶋さん、もっと、もっと、ぐちゃぐちゃ、ってして……っ?」

「おい……、クソッもう、我慢できなくなるようなこと、ばっかり言いやがって……っ！」

「あっ、あっ、ひぁっ、ん！　田嶋さんっ、田嶋さ……、ぁああっ！」

腰を掴まれ、ぐちゃぐちゃに突かれる。内ももがひくひくと痙攣して、日吉の白い肌には幾重にも透明な液の筋ができていた。

気持ちよくって、おかしくなりそうだった。頭の奥がずっと真っ白になっていて、達してもいないのに、射精感が身体を支配している。

揺さぶられながら田嶋を見れば、目を閉じて眉を寄せ、感じているようだった。自分だけが感じているのではないのだと思うとうれしくて、腰から下に痺れるような快感が落ちた。

「あ、ぁあっ、また出る、ぅ、あ……っ、ぁあん！」

びく、と腰が硬直して、日吉は濡れそぼった先端から熱いものを滴らせる。ほぼ同時、日吉の内部で大きく脈打つ田嶋の昂りが、最奥へと勢いよく白濁を放った。

「あ、あ……、田嶋、さん……っ、ひ、あぁ……」

田嶋は腰を小刻みに揺らしながら、溢れるすべてを日吉の中に注ぎ込む。

その熱くて長い迸《ほとばし》りに、日吉は腰をびく、びく、と細かく何度も跳ねさせた。結合部のとろけきった縁がまだ蠢いている。内部のぬくもりが愛しくて、離したくない。

それが伝わったのだろうか、埋め込まれたままの田嶋の性器が、ちいさく脈打ったのがわかった。幸せな感覚だった。

「ヒヨコ……」

隙間がないほどに抱き合って、繋がったまま、田嶋が愛しげに自分を呼ぶ声がする。

夢みたい、と日吉は思った。


「ちいさな死、ねぇ〜。織斗《おりと》、やるじゃん」

そう言って、姫野は田嶋の肩を叩き、それから赤くなる日吉に向かい綺麗な顔で微笑んだ。

「意味知ってる？　当然知ってるよね、ヒヨコちゃん。教えて？」

「えっ、えっと……」

日吉はちらり、横に立つ田嶋に助けを求める視線を送る。田嶋は黒髪を掻き上げながら、ため息混じりで言った。

「姫野、ヒヨコをあんまりからかうなよ。……まぁ、いじめたくなる気持ちはわかるけどな」

ははは、と笑って、田嶋が正面を見る。日吉も姫野もつられて、目の前に広がるやわらかな空間を見た。

公開を明日に控えての、最終確認。田嶋の個展のメイン展示、石彫刻『ちいさな死』だ。

四方が黒の壁紙でできた薄暗い空間に、一筋のやわらかい光が差している。それを受けた乳白色の石は淡く輝き、官能的に光る肌はひどく生々しい。

けれどその白い手の仕草はどこか幼く、子供っぽくすらある。そのギャップが、さらに作品の妖しい魅力を引き立てた。

「エロいなぁ、これはクる。見てるとぞくぞくするね、ヒヨコちゃん」

「う、うん……。でも、すっごく、幸せな気持ちも伝わってくるよね」

見ていると、じわじわと胸に満ちる、夢みたいに幸福な気持ち。

「……具体的には？」

「好きな人のとなりで、幸せな夢を見てるのかなって」

「おい」

へへ、と照れ笑いを浮かべた日吉が頬を染めながら話す言葉を、田嶋の低い声が遮った。

けれどときすでに遅し——、で、田嶋は姫野に散々からかわれる羽目になったのだった。

「あーあ、しかし、織斗の作品にはやられたな～。人が恋しくなった」

「ふぅん。珍しいな」

「うん。俺もそろそろ落ち着こうかなぁって。……なーんか、羨ましくなっちゃった」

姫野は相変わらず美人で、田嶋との会話もいつもどおり軽快なものだったけれど。もう、となりでふたりの会話を聞いていても、日吉は胸を苦しくさせることはなかった。

先日どうしても気になって、田嶋にスケッチブックのことを聞いてみたのだ。田嶋は一瞬ぽかんとした顔をして、それから悔しげに眉を顰《ひそ》めてこう言った。

——あれは、俺たちの争いの歴史だ。

今でこそ俺は立体一筋だが、姫野といた当時は絵画にも熱を上げてた。でも姫野のデッサンの才能は果てしなく、どうしても勝てなかった。だから悔しくて、自分への挑戦のつもりで毎日毎日、ライバルである姫野をモデルにデッサンをした。あれがその結果だ。時間の経過と共にデッサンの腕が上がってるのがわかっただろ?

そう言って唸《うな》る田嶋を見て、日吉は脱力した。田嶋は自分の成長の記録を捨てるのは惜しい、と残しておいただけだったのだ。

日吉は田嶋と姫野のスピード感のある会話をにこにこ聞きながら、この時間が楽しめることに、改めてうれしくなった。

「そういえばさ。例の事件から一ヶ月たったけど」

ギャラリーを出て駅までの道すがら、姫野が肩をすくめて言った。

例の事件、というのは思い出したくもない、竹内の起こした騒動のことだろう。

竹内がアトリエの場所を知っていたのは、ギャラリー・ウフでの受付で芳名帳を盗み見たから、だったそうだ。竹内が受付バイトを始めた目的を知った叔父が、ひどく落ち込んでいたのが切なかった。

「竹内がどうなったか、聞かないの？」

姫野が、さらりとした髪をなびかせながら問う。田嶋は「別に」と言って、片手を上げた。

「まぁ、予想できるしな。今はまだ再起不能だろ」

「……わかる？」

「そりゃあな。他人の作品を壊したという記憶は、永遠に竹内の記憶から消えないだろうよ。もし作品作りに戻れたとしても、いつか壁にぶち当たったとき、あのとき俺はなんてことをしたんだと強烈に後悔するだろうな。永遠に罪の意識に囚われて、もう二度と作品を作れなくなるかもしれない。そこを超えられるかが、奴の試練だろうな」

そう田嶋は語り、にっと口の端を上げた。

もしかして彼はそこまで考えて、あえて、竹内に作品を壊せと煽ったのだろうか。いや、そんなまさか。日吉は思わず背筋を震わせて、田嶋の白いシャツの裾をぎゅっと摑んだ。

アトリエに戻り、日吉は部屋でいくつかのダンボール箱に囲まれ、荷物整理に追われていた。

田嶋の個展が始まり忙しくなる前に、叔父のマンションに残っていた日吉の荷物を運び込んだのだ。それほどものは多くはないけれど、物欲のすくない日吉にしたらひとつひとつが大切なものなので、収納や配置に頭を悩ませていた。

「んー、これは絶対ベッドサイドに置きたいし……。でもこれも……」

「おい。まだやってんのか」

田嶋はコンコン、とノックをしながらドアノブを回して中に入ってくる。ノックの意味がない気がするけれど、日吉はそれでよかった。

「あ、はいっ。でも、結構片付いたかなって」

「……そうか？」

子供のころの唯一の友達だったロボットや、なぜか心惹かれて大切にしている石、使い込まれたちいさなテーブルなどが雑多に置かれた部屋を見て、田嶋が苦笑していた。

「ん、あれなんだ、ヒヨコ」

「え？　あ、わぁあ！」

しばらく辺りを眺めていた田嶋が、ふとベッドサイドのチェストの上を指差した。それは、と日吉が慌てて駆け寄ったけれど遅く、田嶋はそれを手にとってまじまじと観察している。

「もしかして……いや、違うか。いややっぱり……ヒヨコ、か？」

眉根を寄せ、目の前に持ってきてようやくわかったらしい。確かに形はまだまだいびつだけれど――、ヒヨコのつもりだった。

日吉がこくんと頷けば、田嶋はふっと目を細める。

「……見た目はへたくそだが、まぁ、手触りはいい。ころんとしてて、初心者にしては磨き

「わ、よかった！　そう、仕上げはがんばったからっ」

薄クリームの石でできたそれは、田嶋から以前貰った石材で日吉が作ったものだった。

空いた時間に地道に彫り続け、なんとか最近形にできた。もうすこし整えてから田嶋に見せたいと思っていたけれど、もういいのかもしれない。

初めての石彫刻作品にしては、まぁまぁうまくいったと自負している。

特に――、作品に込めた思い。

「これ、田嶋さんの作った鳥さんと、ペアにしたくって。ね、並べると、なんかいい感じ！」

ころんとしたふたつを並べて飾れば、まるで親鳥と雛鳥《ひなどり》だ。

我ながらいいぞ、とはにかみながら田嶋を見れば、じっとその二羽に見入っていた。

部屋を満たす空気はひたすらに甘くて、やさしい。

「……ヒヨコは飛べないんですよね。でも田嶋さんは、前におれに、勝手にどこかに飛んでいくなよって言ったでしょ？」

「……言ったか？　忘れたな」

「えーっ」

くく、と笑うだけの田嶋に日吉は痺れを切らし、そっと彼の腕を取り、大好きな手を握り締めながら口を開いた。

「ねっ、田嶋さん、おれの思ってること。この作品から、伝わりますか……?」

「ア? あぁ、うーん……、喰われたい、って気持ちか」

「ち、違いますよ! もっともっと純粋な気持ちっ」

もうっ、と呟いて唇を尖《とが》らせれば、意地悪く微笑んだ田嶋にそっと顎を持ち上げられて、器用な指先でやわらかく唇をなぞられる。

「ヒヨコ……」

「なんですか、もぅ、誤魔化さないで……っ、んん……ぅ……」

唇が重なると拗《す》ねた形になっていた唇はすぐに解けて、甘い吐息だけを漏らし始める。

田嶋の器用な指先が服の中に潜ってしまえば、もう口からは意味の成さない言葉ばかりが溢れて、うまく思いを伝えられなくなる。

けれど、言わなくても、きっと田嶋には伝わっていると日吉は思った。

ずっと、田嶋さんのとなりにいたい。

日吉は田嶋から与えられる夢みたいな快感に溺れながら、その腕の中で、とろけるように微笑んだ。

315　ヒヨコはいつも夢見てる

POSTSCRIPT

MAMI HANAFUSA

こんにちは。はじめまして。花房マミと申します。この度は「ヒヨコはいつも夢見てる」をお手にとってくださり、ありがとうございました。本を発行していただくのは二冊目になりますが、依然緊張しております。

今回はアートの世界に生きる人たちのお話です。もの作りに熱中する男の人はきらきらとして素敵だなぁと思います。ドキドキです。ストイックな世界、その中で育まれる男同士のラブ、いかがでしたか？

手先が器用な人が書きたいな、というところから石彫刻家の田嶋が生まれました。イメージはストイックで寡黙なイケメンですが、意外と欲望に正直な人ですね。「怒りっぽい人には甘党が多い」という心理学の実験結果を見てぴんときて、外見に似合わず甘いもの好きになりました。スイーツの店に通いマカロンなどを買っているので、店員さんに「マカロンイケメン」とかあだ名をつけられていそうです。

日吉はタイトルそのまま、ヒヨコみたいなふわふわした外見の不思議っこが書きたくて。親鳥の背中を追うちいさなヒヨコの愛らしさが出せているといいなぁと思います。まっさらな子なので、今後どんどん田嶋色に染まっていくんでしょうね……！　彫刻の技術や知識から、夜のいやらしい技の数々まで……。色んな意味で、彼の成長が楽しみです。

　姫野は女性のような外見と裏腹に男らしい内面の持ち主で、受けでも攻めでもバッチコイな人なのです。仕事もできるし性格もなかなかの曲者なので、敵に回したくないタイプですね。

　そして竹内。クズ男子好きとしては彼のその後を妄想するのも楽しいのですが、需要がなさそうなので心の中にとどめておきます。笑
　また、今作はアトリエでの彫刻作業風景も楽しんで書かせていただきました。あまり馴染みのない方も、石を削る音ってこんな感じかな、などなんとなく想像して楽しんでいただけるとってもうれしいです。

　自分の場合は金属系でしたが、学生のころは田嶋のように工具に触る日々を過ごしていたので、資料にと石割りの動画を見ながら「わたしもやってみたいなぁ」なんて思っていました。磨かれた石の表面ってつるつるして気持ちいいんだろうなぁ。


　そんな風に、とても楽しく書かせていただきました。皆様も楽しんでくださっているといいなぁと祈るばかりです。

　拙著を美麗に彩ってくださった湖水きよ様。アートに生きるかっこいい男たち、というイメージぴったりの田嶋や姫野、ふわふわした愛

らしいヒヨコに、ラフを拝見するたびに感激しておりました。ヒヨコのぴょこんとした髪の毛をつまみたい欲求がむくむくと湧き上がってしまいます。竹内も、わたしの頭の中にあったプライドの高い男の雰囲気そのもので、その絶妙に嫌な男感がたまらないです。湖水様、素敵なイラストの数々をありがとうございました！

それから前回に引き続き、いたらないわたしをサポートしてくださいました担当様、ありがとうございます！　原稿の受け渡しのときにくださった差し入れは、身体に染みわたる美味しさでした。いつも感謝の気持ちでいっぱいです。

最後に、お読みくださった皆様に、心よりお礼を申し上げます。ご感想、ご要望などありましたら、どうかお気軽にお伝えください。

それでは。またお会いできる日を楽しみにしております。

２０１３年　１０月
花房マミ

花房マミHP
http://hanani.rossa.cc/

初出
ヒヨコはいつも夢見てる…………書き下ろし

SHY BUNKO 023

ヒヨコはいつも夢見てる

花房マミ・著
MAMI HANAFUSA

ファンレターの宛先

〒101-0065　東京都千代田区西神田3-3-9大洋ビル3F
（株）大洋図書 SHY文庫編集部
「花房マミ先生」「湖水きよ先生」係

みなさまのお便りお待ちしております。

初版第一刷 2013年10月10日

発行者………山田章博
発行所………株式会社大洋図書
〒101-0065　東京都千代田区西神田3-3-9大洋ビル
電話 03-3263-2424(代表)
〒101-0065　東京都千代田区西神田3-3-9大洋ビル3F
電話03-3556-1352(編集)
イラスト………湖水きよ
デザイン………宮村和生(5GAS)
印刷・製本………大日本印刷株式会社

ISBN978-4-8130-4122-1